COLLECTION FOLIO

Nathalie Rheims

L'ange de la dernière heure

Gallimard

Nathalie Rheims est née à Paris en 1959. Après des études au Conservatoire national d'art dramatique, elle devient comédienne et travaille avec Jorge Lavelli, Jean Le Poulain, Roger Hanin, Michel Favory... De 1981 à 1985, elle est journaliste au magazine *Elle* et réalise de grands entretiens. Elle devient ensuite productrice.

Pour Nannie, qui m'a élevée.
Pour Anne, de l'autre côté.

I

La séparation

Sa mère sentit ses jambes se dérober, elle tomba à genoux sur la pierre froide. Derrière la double grille du parloir, de l'autre côté, ses traits d'enfant, purs et lumineux, venaient de disparaître. Son regard s'était évaporé. La séparation était accomplie. La voir encore, la toucher, la caresser, l'étreindre. Plus jamais.

Je sais que tu es là je te ressens tu es au cœur de ma mémoire tu y reposes. Je sais maintenant où te retrouver il me suffira d'y penser et les souvenirs reviendront, intacts. Tu vivras en moi je suis ta chair je ne t'abandonne pas je vais ailleurs là où Il m'attend.

Elle se releva, tourna le dos à l'acier. Des voix s'élevaient sous les voûtes de pierre. Elle marcha lentement pour garder la sensation de sa présence. Heureuse et malheureuse, des larmes de peine dans des larmes de joie.

Elle lui avait donné tant d'amour, lui avait sacrifié sa vie de femme. Pourquoi perdait-elle aujourd'hui ce qu'elle avait de plus cher ? Pour qui ?

Et maintenant, ne plus la voir, ne l'apercevoir que deux fois par an derrière ces grilles, deux fois seulement.

Lumière au fond des ténèbres lueur incandescente Tu apparais enfin. Ton image Ton visage présent à présent. Au plus loin de moi je Te trouve m'abandonnant au silence pour mieux T'écouter T'obéir. Je Te donne mon corps afin de l'oublier. Je Te rends mon âme pour que Tu en disposes. Je ne suis plus personne puisqu'en Toi je repose.

Le destin avait tranché dans les corps, inscrivant sa coupure dans l'air filtré de lumière qui devait séparer ces deux vies. Et pourtant une même boucle les réunissait. Avec Dieu, chacune à sa manière avait son rendez-vous.

C'était dans un petit village de Haute-Saône, vingt-deux ans auparavant. Il était au petit séminaire et portait la soutane. Elle l'aima. Une fois. Juste avant l'Indochine. Deux années de lettres et une naissance. Au retour, l'avion qui le ramenait s'abîma dans l'océan. Jamais plus elle ne connut d'hommes. Leur enfant devint le centre de sa vie.

Dans ma cellule pas une image. Rien ne peut venir fracturer l'espace entre nous. Je Te regarde je ne peux voir que Toi et pourtant me revient ce visage, cette présence jaunie par les ans. Sur le cadre sa médaille seul trésor de sa mort et son uniforme, unique impression vivante dans ma mémoire et le chant d'un adieu. Mes larmes versées pour lui que je ne connus jamais.

La lourde porte s'était refermée sur le Cloître des Victimes. Le vent glacial et la bruine cinglaient ses joues, la forçant à revenir à elle.

Comment tout cela était-il arrivé ? L'avait-elle perdue ? Fallait-il accepter ses paroles lui disant que c'était pour mieux la retrouver, alors que leurs corps étaient à jamais séparés ?

Elle restait seule face à cette béance. Pourquoi cette fissure était-elle apparue sans qu'elle l'ait aperçue ?

Ma vie est ici de toute éternité, je le sais. À tout instant chaque heure découpée au métronome sculpte et rythme mes pensées me tenant constamment ouverte disponible et abandonnée pour T'accueillir.

Tu es seul à le savoir, je ne suis sûre de rien, si c'est juste si c'est vrai ou même réel. Je ne sais où ce choix me conduit et ce doute extraordinaire m'exalte et me jette hors de moi pour mieux Te rejoindre.

Je suis tendue au bout de mes bras, offrande qui me fait vivre et T'aimer. Dans cette incertitude extrême où je suspends ma vie mon corps et mon âme, naît cette jubilation de tout T'abandonner, le reste, la certitude de ma vie et celle de ma mort pour les confier à l'inexplicable de Ta propre existence.

Te suivre sur ce chemin qui ne mène nulle part peut-être et partageant Tes souffrances, pouvoir renaître un jour avec Toi.

Les vingt années passées défilaient dans sa tête. Sa mémoire sans repères sillonnait ces centaines de jours comme les ressacs d'une tempête.

Son enfant. Si douce et vivante, insouciante et gaie. Jeune fille lumineuse et déterminée, ses traits, ses rires, ses attitudes.

La revoir, retrouver leurs instants. Comprendre ce qu'elle n'avait pas vu, les détails dont elle n'aurait pas mesuré la portée, les gestes, les expressions fugaces indiquant la trace d'une présence fantasmagorique, fantomatique, du mystère qui l'emporta.

Lui reviennent ces images, douze ans auparavant. Sur la place, devant l'église, tout le village rassemblé bruissait de l'événement. Ils attendaient sa venue, là, derrière ces vallées, dans ce petit bout du monde où personne ne venait jamais.

La nef était comble. Tout s'était figé dans un silence chuchoté, suspendu aux regards tournés vers le portail. Il entra. L'or, la pourpre et le blanc effaçaient son visage, l'habit le faisait disparaître, ne laissant dans l'allée qu'une présence céleste.

Je me revois assise à l'extrémité d'un banc, près du chœur. Je n'avais jamais vu une telle foule et son silence m'effrayait. Ma tête tournée vers la rosace, je regardais les anamorphoses de lumière. Un murmure le précéda, je le vis avancer vers moi à contre-jour.

Son pas lourd faisait résonner l'abbatiale. Il s'approcha. Ma peur à cet instant disparut. Il me tendit la main. Je vis à son doigt l'améthyste et sans savoir pourquoi j'inclinai mon visage et embrassai la pierre. Reflétés dans ces éclats de mauve, deux yeux perçants me fixaient. Un sourire les effaça. Tout en moi apparut. Son geste m'était destiné.

Ce même jour, parmi ceux venus de loin pour l'événement, un étranger s'approcha d'elles et leur parla. Sur la place, près du café, des regards furtifs cernaient le trio : l'étranger, la mère, la fille. Le lendemain, il n'était pas parti.

Elle se souvint des paroles abruptes de son frère. Il revenait de l'auberge, titubant, comme à son habitude, sous son béret, flottant dans ce bleu de travail qu'il avait gardé des jours anciens passés à l'usine de coton.

Elle éprouvait pour lui une tendresse fraternelle mêlée d'un respect profond pour l'homme blessé à la guerre de 14. « Je me fous de ton Dieu et du Général ! » C'était sa façon de dire bonjour. Puis il s'assit à califourchon sur une chaise, les bras croisés sur le dossier.

Elle fixait, anxieuse, sa fille recroquevillée dans un coin, comme voulant disparaître. Sans prêter la moindre attention à cette présence, il enchaîna, sur le même ton :

« T'as vu l'étranger ? Il est pas reparti ! Il est resté pour toi. Tu vas tout de même pas attendre comme ça cent sept ans, collée à ton fantôme ! »

Il me revient, ce regard que je ne lui avais jamais vu. Elle l'avait gardé fixé sur l'étranger. Je laissais monter en moi cette douleur dont je découvre aujourd'hui seulement qu'elle était de la jalousie.

Les paroles proférées par mon oncle m'avaient glacée. Elle m'abandonnerait. C'était noué. Mon souffle devint court je me sentais livide exsangue de toute vie. Mon cœur avait ralenti j'aurais voulu qu'il cessât de battre.

Je me réfugiai en Toi, au centre de l'améthyste dans ce baiser qui m'avait désignée. Tout autour de moi était flou difforme indiscernable. Je m'accrochai à Ton image pour retrouver cette lumière sur la rosace. Le souffle revint, Tu étais le miroir courbe au centre de l'anamorphose où tout reprenait forme où je reprenais vie.

C'est vrai qu'il était beau l'étranger. Beau comme un moment de flottement dans cette vie de renoncement aux hommes, de pur sacrifice pour un unique amour à jamais disparu.

C'est avec lui, dans cette seconde d'hésitation, que les choses se raffermirent dans son esprit, que sa volonté s'insinua dans son corps refermé sur tout désir.

Elle n'en chercha même pas les raisons. Ce que son frère lui avait jeté au visage, tout le monde le pensait, sans oser le lui dire. Elle sentait bien que la décision de rester seule avec sa fille les dérangeait tous, pour toutes sortes de raisons, souvent mauvaises.

Ils évitaient son regard bleu, d'une absolue transparence. Ils se détournaient. Elle était devenue comme un reproche vivant fait à leur propre vie. Ses paroles trop franches, trop brutales, risquaient sans cesse de les atteindre dans leurs médiocres secrets, dans leurs petits mensonges.

Cette fidélité insensée à un amour emporté leur semblait une insulte à leur vie si simplement humaine. Tout en elle refusait de quitter la ligne qui s'imposait sans qu'elle l'ait tracée. C'était ainsi.

Elle ne m'a pas abandonnée je le sais. Je mesure aujourd'hui son sacrifice. Mais était-ce pour moi ?

Je les avais aperçus tous les deux sans qu'ils puissent me voir. Ses mains sur son cou, je devinai qu'il y refermait un collier, qu'il était le tentateur.

Je me souviens peu de temps après de ce matin baigné de lueurs tièdes. Elle entra dans ma chambre et se penchant sur moi, me passa autour du cou cette chaîne qui ne m'a plus quittée. Une petite croix d'or scintillait sur laquelle était inscrit :

« Je t'attends. »

Cette cérémonie était à la fois intime et solennelle. Je reçus la croix comme un anneau et devins l'index portant le symbole de notre lien indéfectible. Je compris qu'elle m'était destinée. En l'acceptant, je relevais son défi.

Il lui fallut du temps pour renoncer. Son corps, à l'abandon, résistait, se débattait. Lorsque le désir l'étouffait, elle montait vers le cimetière étrange qui dominait le village.

Personne ne savait pourquoi ce lieu avait été choisi. Était-ce parce qu'il semblait coupé du reste du monde, les gitans en avaient fait leur champ des morts. Son éclatante beauté tranchait avec la terne simplicité du village.

Marchant au milieu des mausolées de verre aux noms féeriques, elle venait là calmer son trouble. Leur transparence éclatante donnait aux reliques mortuaires une esthétique de fête foraine. Elle laissait sa fièvre s'exténuer dans les méandres du cimetière gitan.

Elle m'emmenait parfois. Je savais ces jours-là ce qui la tourmentait à sa façon ferme et nerveuse de me tenir la main. J'aimais tant cet endroit où la mort semblait faire la fête.

Auprès d'elle je découvrais sa solitude et la mienne m'invitait au silence. Dans l'absence de mots, des vibrations plus fortes surgissaient qui ne pouvaient passer que par mes yeux.

Depuis je la revois toujours présence si particulière des spectres au bout des manèges, mort frôlée au cœur des baraquements, carabines, catapultes, grand 8, immense roue surplombant les champs, trains fantômes, labyrinthes de miroirs sans tain déformant les images où j'aimais tant me perdre.

Lumières scintillantes aux souvenirs mêlés de gaufres chaudes, de pommes d'amour, d'ombres et de clairs-obscurs, de présences étranges effacées par la nuit, de mon étourdissement face au bonheur de me sentir légère, m'envoler pour ne plus rien penser. Oublier cette angoisse, le clignotement des jours et des nuits par la fenêtre de l'hôpital.

Elle tirait sur le fil de sa mémoire, cherchait fébrilement ce qui avait mené sa fille de façon si impérative derrière les grilles du couvent.

Quatre années d'épouvante à lutter, faisant corps avec son lit de douleur. Après des jours de doutes et d'immobiles souffrances, le médecin du village avait renoncé. Seul un professeur pourrait comprendre ce qui électrisait ainsi son corps.

On l'emmena à la ville, dans de grands bâtiments de briques rouges tenus par des sœurs. Tout le corps médical se pencha sur cette souffrance dense et ininterrompue. Un point, là, dans le dos, irradiait l'ensemble de son être.

Combien de diagnostics ? Les avis fusaient de toutes parts, les sentences tombaient comme des malédictions. « Votre fille ne marchera plus jamais ! »

Rien ne la soulageait. Antalgiques de toutes sortes, poids pour mettre ses jambes en extension, corset de plâtre enserrant son corps du cou jusqu'aux chevilles. Rien n'y faisait. La douleur se calmait un instant puis réapparaissait, plus forte, plus vive encore.

Les sœurs infirmières l'entouraient chaque jour, la soutenant, lui apprenant des prières, des *Notre Père*, pour calmer ses angoisses face à ces blouses blanches qui ne comprenaient pas. Le mal s'était dissimulé entre les coupes sombres de la tomographie.

Derrière les rideaux des fenêtres longeant la Grand-Rue le doute s'installait. Sa fille était soignée par les plus grands spécialistes, ils ne trouvaient rien.

Si même les médecins ne parvenaient pas à expliquer ce mal, cette douleur omniprésente, c'est que son enfant avait le diable en elle. Seul un exorciste pourrait la libérer de cette possession.

Elles habitaient à la lisière du domaine de la châtelaine du lieu, une Anglaise au regard mauve cultivant son accent et ses fleurs dans un jardin dont elle était si fière qu'elle le faisait visiter pour mieux souligner la petitesse de ceux de ses voisins.

Opposant ses essences rares aux fraises et aux salades de « ceux d'à-côté », la châtelaine avait des avis sur tout. Elle cherchait, pour d'obscures raisons, à leur faire du mal, et distillait dans le village le poison de ses paroles. Cette pauvre femme saoule de solitude avait fini par convaincre les faibles d'esprit que le mal dont souffrait la jeune fille portait le nom d'hystérie.

Elle résista à la rumeur. Son enfant se battait, demandant grâce à Dieu, apprenant à prier pour moins sentir les jours. Elle lui apportait des livres, lui faisait la lecture, le temps passait ainsi entre les doutes et les traitements. Quatre années s'écoulèrent au rythme de sa souffrance.

Puis un médecin, alerté par de nombreuses publications sur ce cas de douleur inexplicable, que rien ne soulageait, arriva d'Amérique.

Il resta auprès d'elle quelques jours, lui parla :

« Où as-tu mal ?

— Partout.

— D'où cela part-il ?

— De là. »

La tumeur s'était cachée, tapie dans l'ombre pour ne pas être débusquée. Ils s'étaient tous trompés. Lui trouva, sut écouter l'enfant. La croire.

Elle revoyait la petite silhouette dans sa couverture bleue, sur le brancard l'emmenant vers le bloc opératoire. Son visage de souffrance, sa main tenant la sienne, elle marchait dans ce couloir, près d'elle allongée. Un dernier regard scella leurs deux vies.

Le bruit du monte-charge, je compris à cet instant que l'on ne descend pas qu'aux enfers. Le mal fut enlevé. J'avais grandi couchée, cinq mois après je marchais.

Toi le Malin tu avais inscrit tes signes sur mes os, pensant faire de moi un grimoire pour tes écritures. J'en avais effacé les traces, mon corps était lavé de tes malédictions.

Tu avais renoncé, reportant notre rendez-vous, mais tu m'avais laissé le temps d'apprendre les règles du combat entre les forces de la vie et de la mort.

La semence de leur séparation s'était insinuée dans ce qui les avait soudées à tout jamais. La mort sans doute aussi s'était glissée, mais avec elle, lorsqu'elle se releva, la résurrection. Bien sûr, ce n'était pas un miracle, et dans son esprit d'enfant tout se mêlait.

Sa fille lui en voulut-elle en secret de ces quatre années où la souffrance était mêlée à l'incompréhension ? La soupçonna-t-elle de s'être un instant laissé fléchir par les médisants qui l'entouraient, d'avoir eu la pensée, même fugitive, d'entrer dans le cercle malfaisant de la bêtise ?

Elle éprouvait un sentiment diffus de culpabilité. Lui revenaient ses prières dans la petite chapelle de l'hôpital où, les yeux fermés, les mains jointes, elle murmurait : « Mon Dieu, sauvez ma fille et je vous abandonnerai le reste. »

Puis, se ressaisissant, elle pensa au docteur venu d'Amérique, à sa science exacte, et l'idée du miracle ne fut plus qu'un reflet incertain dans le ciboire.

Elle se surprit à dire à voix haute : « Je ne vous dois rien ! » Elle frissonnait. Ce genre de pensée la troublait, tout devait pouvoir s'expliquer. Elle était seulement malheureuse de l'irrévocable décision de sa fille, son existence perdant ainsi une partie de son sens.

Renoncer aux hommes n'avait été en rien un engagement avec Dieu. Non, elle n'envisageait tout simplement pas de refaire sa vie avec un autre.

De sa fille, elle n'attendait rien en retour. Elle comprenait sa décision de se retirer du monde, ce geste était un mouvement profondément inscrit en elle, un rejet de la viscosité des êtres, jusqu'à la nausée.

Elle faisait corps avec sa fille, mais de cette harmonie elle ne pouvait tirer que le sentiment de sa propre solitude.

Impossible de la considérer comme morte. Mais ne plus jamais la toucher, être en face d'elle séparée par du fer, du vide.

Penser qu'à son propre enterrement les larmes de son enfant couleraient ailleurs provoquait un immense vertige.

La novice revêtait l'habit d'un fantôme qui hanterait ses jours et ses nuits. Toute sa vie appartiendrait aux revenants disparus.

Cette forme de solitude se refermait sur elle, lui offrant une tranquillité nouvelle, un semblant de calme. Puisque la vie lui avait enlevé les êtres auxquels elle tenait le plus, son isolement résonnerait du chant des spectres, elle vivrait avec eux.

Comment lui raconter? Comment lui faire partager mon abandon, comprendre qu'il ne veut pas dire que je la quitte, mais bien au contraire qu'à travers Lui je la rejoins. Non pas au bout d'une vie que je n'ai pas choisie mais à chaque instant dans celle qui commence ici.

Pour nous deux la mort n'a plus le même sens. Elle avait été pourtant sa compagne quotidienne celle de son amour perdu celle suspendue au-dessus de moi lorsqu'elle me veillait.

Mais avec les années, son visage dans le miroir semblait en avoir fait une ennemie. Comme si brutalement son corps avait repris le dessus dictant sa loi. Sa peau si lisse s'était relâchée, les sillons de ses joues s'étaient creusés, sa carnation transparente s'était ternie, ses cheveux blonds avaient pris des reflets gris comme sa vie qui avançait, l'éloignant de tout amour possible.

À chaque nouvelle ride, son corps lui envoyait un message de peur, d'angoisse, d'effroi, se préservant de lui-même en lui-même, sans objet puisqu'elle lui refusait tout plaisir. Il lui disait : « Je ne veux rien te donner, mais je ne veux pas pour autant te perdre. »

Moi, je veux bien le perdre ce corps, je n'en

veux pas, c'est mon ennemi intime et la mort est mon alliée.

Mes cheveux, ma peau, mon visage sont voués à un autre destin. Je l'ai compris durant la cérémonie du noviciat. Ce jour-là j'ai reçu une pièce rigide de toile blanche qui dissimule mes cheveux, m'enferme le visage ne laissant plus apparaître que son ovale, l'encadrant dans une ligne immuable, indifférente au vieillissement. La guimpe m'enveloppe le cou et la poitrine formant un corset, se referme sur le temps et le suspend.

Ma vie face à l'éternité me semble à présent proche du néant. Tout ce qui se rattachait à la beauté, à la laideur, à la séduction faite de promesses de plaisir de bonheur m'apparaît comme un tissu d'illusions.

Qui peut croire encore que le bien-être vient du corps de ses émotions de ses sentiments, voué aux pires tourments, au chagrin, au désespoir. Pour moi et mes sœurs, pour nos vingt et une présences dans ce monastère, la vie est ailleurs.

Penser lui donnait le vertige. Elle s'assit un instant sur un banc puis se releva, marcha, oubliant le chemin. Elle désirait réfléchir encore, retrouver le calme, la paix.

L'idée du sacrifice de sa fille la hantait, l'envahissait, elle ne parvenait pas à mettre en lumière les causes de ce choix. Était-ce véritablement sa volonté propre, sa conviction intime, qui l'avait menée là ? Avait-elle été piégée, endoctrinée par une sorte de secte qui l'aurait lavée de ce qu'elle était avant ?

Non, cela était impossible. Elle avait quitté sa fille plus que jamais radieuse, vive, épanouie, gaie, marchant droit, et maintenant c'est elle qui titubait.

Cette « Communauté des Moniales Victimes du Saint Sacrifice » enfermait des âmes supérieures. L'Église la considérait des plus dignes, des plus aptes à accomplir ce renoncement : être offerte pour consoler le Sacré-Cœur du Christ de l'indifférence des hommes. Dans ce monde en ruine, le Cœur de Jésus demande des consolations pour adoucir ses blessures. On les offre ainsi, Vierges Victimes, réunies en communauté sous des constitutions austères, pauvres, pénitentes, dépouillées d'elles-mêmes.

Un petit livre remis par la Sœur Prieure racontait le quotidien des religieuses. Sur la couverture, tout était écrit en majuscules sauf « victime ».

Qui étaient-ils, ceux qui avaient décidé de ce sacrifice ? Comment, où et quand ? Était-il possible qu'une jeune fille prît seule pareille décision ? Que pouvait-elle en attendre ? Pensait-elle vraiment pouvoir sauver le monde ?

Sa mère était entrée dans le monastère sans y apercevoir quiconque. Des voix venues d'ailleurs la guidèrent vers une pièce étroite, aux murs d'un blanc pur, ne laissant place qu'à un immense crucifix, nu. Sur un tourniquet de bois, elle découvrit une clef de fer, la prit, ouvrit une autre porte donnant sur une pièce plus vaste, face à un grand rideau tiré.

Aux chants venus de nulle part, le rideau s'ouvrit, laissant apparaître une première grille aux croisillons resserrés. Puis une deuxième et, derrière, une silhouette vague ne laissant entrevoir qu'un cœur rouge cousu sur une robe sombre, la Sœur Prieure à ses côtés.

Son esprit ne pouvait se détacher de ces images, celles du visage de son enfant se dissolvant derrière cette double grille.

Je veux marcher à Vos côtés, disposez de moi. J'accepte avec humilité et amour toutes Vos souffrances. Je les éprouverai afin d'accéder à l'ultime vœu, celui d'être victime faites que j'en sois digne.

Laissez-moi Vous suivre et devenir cette piètre imitation de Votre sacrifice, empêchez-moi de me contredire par le plus petit de mes actes. Acceptez la donation que je Vous fais par l'abandon de ce que je suis.

J'attends l'aube afin de Vous implorer par mes laudes divines psalmodies faites aux charmes des déserts et à la beauté des cloîtres.

Je suis tout entière tournée vers Vous, tendue vers cette action de grâces, de miséricorde, pour tenter de réparer les péchés, le mépris et l'abus de la parole divine.

Souvent, tard le soir, aux rais de lumière filtrant sous la porte de sa chambre, elle devinait que sa fille était absorbée par la lecture. Elle lui murmurait alors :

« Tu vas t'abîmer les yeux... »

Sa passion pour les livres avait rendu plus supportables les longues années d'hôpital. Le corset de plâtre comprimant son corps, son esprit s'échappait à travers les pages.

Depuis, chaque jour elle se rendait à l'unique librairie du village. Tous s'interrogeaient sur ce lieu fréquenté par des gens venus de loin pour y trouver de mystérieux ouvrages. Pour leurs maigres lectures, ceux du bourg se fournissaient au bazar, rempli d'objets hétéroclites.

La librairie était étroite, une vitrine grise, quelques livres jaunis dont les titres et les auteurs n'évoquaient rien. Long couloir, tapissé de bibliothèques montant jusqu'au plafond. Chaque ouvrage était recouvert d'un papier cristal en rendant le déchiffrage impossible.

Au fond, penché sur un bureau en bois sculpté, le libraire disparaissait derrière des piles de livres. Il remplissait inlassablement des fiches, soigneusement détaillées.

Les bruits les plus fantasques circulaient sur cet homme. Il était arrivé au village après la guerre, s'y était installé, mais personne ne connaissait son nom.

L'inscription, sur la devanture, rendait son commerce encore plus mystérieux : *Viridis Corpus*. Nul n'était parvenu à percer le mystère de ce nom.

Il venait d'un pays frontalier. Au dire des villageois, il avait dû fuir à la Libération. Il était regardé, derrière les rideaux, comme distillant une odeur de soufre au parfum de scandale. La mescaline, la pédophilie, la collaboration formaient les attributs de sa terrifiante réputation. On disait même qu'il était le pilier d'une société secrète aux activités sataniques et que, pendant la guerre, il était allé jusqu'à sacrifier des jeunes gens au nom de Lucifer.

Une des revues trônant dans la vitrine ne représentait-elle pas un homme nu, les bras en croix, dépourvu de tête ?

Elle avait tout dit, tout essayé pour tenir sa fille à l'écart de ce lieu redoutable. Rien n'y faisait. Chaque soir elle revenait avec un nouvel ouvrage, le rapportait le lendemain, l'ayant dévoré dans la nuit.

Un jour, en l'absence de sa fille, elle ouvrit un de ces livres. C'était un volume à la couverture verte, sans indication de titre ni d'auteur. Imprimé à gauche en allemand, à droite en français. Elle se mit à lire à la hâte une page qui avait été pliée :

« J'ai parcouru les mondes, je suis monté dans les soleils, et j'ai volé avec les Voies Lactées à travers les solitudes célestes, mais il n'y a point de Dieu. Je suis remonté aussi loin que l'Être jette son ombre, j'ai regardé dans l'abîme et j'ai crié : Père, où es-tu ? Mais je n'ai entendu que l'éternelle tempête que nul ne gouverne ; l'arc-en-ciel éclatant des êtres était là, sur l'abîme sans soleil aucun qui le créât, et s'y écoulait goutte à goutte. Lorsque je levai mes regards sur le monde immense, y cherchant l'œil divin, l'univers fixa sur moi une orbite caverneuse, vide, sans fond, l'éternité était sur le chaos, et le rongeait, et se dévorait elle-même. Criez encore, ô notes discordantes, dispersez les ombres, car il n'existe pas. »

Ce qu'elle venait de lire la saisit : Dieu était mort. Comment pouvait-on lui donner de pareilles lectures ? Comment pouvait-elle s'y intéresser ?

Elle alla voir le libraire. Il était là, figé, immuable, derrière son bureau, absorbé par ses fiches.

Son mince visage à la peau diaphane, aux reflets verts, exprimait une intelligence toute d'humilité et de délicatesse.

Elle était troublée, ne put exprimer le moindre mot, posa le livre sous ses yeux, le regarda, le fixant longuement.

Il releva doucement la tête, seul un coin de ses lèvres marquait un léger sourire. Il la scruta à son tour, et d'une voix à peine audible prononça :

« Magnifique, n'est-ce pas ? »

Dans un souffle elle lui répondit :

« Ce n'est pas la question. »

Il y eut un silence, son visage se ferma.

« Votre fille est un être d'exception, chère madame, vous en rendez-vous compte ? »

« Ce n'est pas la question », répéta-t-elle d'une voix plus assurée. L'envie de fuir ce lieu la serrait. Cette visite était inutile. Elle fit demi-tour et sortit précipitamment sans le saluer. Il s'était déjà replongé dans ses fiches.

Il me semble aujourd'hui si loin ce rêve enfui.

Il revenait sans cesse. Face au profond désespoir dans lequel il m'avait jetée : « Jésus n'avons-nous pas de Père ? » il avait répondu, versant un torrent de larmes : « Nous sommes tous orphelins, vous et moi sommes sans Père ! » Quelle félicité de se réveiller d'un tel cauchemar, découvrir que la mort de Dieu n'est qu'un songe funeste et partager avec Lui, désormais, maintenant, ce sentiment lumineux. Mon âme pleurait de joie car elle pouvait de nouveau prier Dieu à genoux.

Les semaines avaient passé. La jeune fille, ce soir-là, était rentrée tôt, les larmes au bord des yeux. Elle s'était laissée tomber dans le fauteuil du séjour.

Sa mère la questionna doucement. Éprouvait-elle un chagrin d'amour précoce ? Le fils de la comtesse aux yeux mauves recherchait sans cesse sa compagnie. Elle lui posa toutes sortes de questions.

« Il t'aime ? Tu l'aimes ? Dis-moi, mon ange, t'a-t-il fait du mal ? »

L'adolescente éclata en sanglots au creux

desquels, dans un souffle haché de mouvements suffoqués, elle murmura :

« Dieu est mort. »

Et les larmes inondèrent son visage.

Sa mère la prit dans ses bras. Ce n'est que cela, pensa-t-elle. Mais, stupéfaite d'entendre sa fille prononcer pareille phrase, le tourment la saisit.

Elle repensa au libraire. Quel ouvrage sinistre lui avait-il encore mis sous les yeux?

Elle caressait ses longs cheveux blonds, embrassait ses yeux, sachant que les mots la heurteraient plus que ces étreintes.

Combien de temps y ai-je cru? Cette nouvelle m'avait glacée. Mon corps avait tremblé. Je perdais à présent l'Autre Père, Celui qui ne pouvait mourir.

Je retrouve ici, dans le dénuement de ma cellule glacée, un réconfort profond face au froid sidéral, fait de vide, de ténèbres, qui me transperça le jour où cette nouvelle me frappa.

Mon esprit s'envolait dans la forêt derrière le château au milieu de la nuit. Nous avions tous les yeux bandés par une pièce de soie rouge et conduits par une main ferme, en silence nous marchions vers celui qui nous attendait, là, au pied du plus grand cèdre, les uns après les autres, sans savoir qui étaient les autres.

Je parvins devant cette présence dont je devinais la taille à son souffle sur moi, à ses grandes mains enserrant mes épaules. S'approchant de mon oreille il murmura distinctement ces paroles, entre le songe et la réalité. Il m'annonçait la mort de Dieu, elle me sembla si réelle, comme le deuil d'un proche, appris brusquement.

J'aurais voulu tomber à terre pour ne plus sentir le poids de ma douleur. J'arrachai le bandeau qui me serrait les tempes, le temps d'apercevoir l'homme avant que ses mains ne couvrent son visage.

Je crus reconnaître le libraire. Je me mis à courir, fendant les branches, m'écorchant aux épines. Il fallait fuir loin de cette forêt, loin de ces officiants cagoulés. Oublier cette sensation de mort.

Ce n'était pas un rêve. Depuis cette étrange cérémonie, lorsque sa mère croisait le libraire, elle baissait la tête. Un jour, il lui dit :

« Pardonnez-moi, pardonnez l'erreur que nous avons commise avec votre fille. Si elle demeure pour nous la personne exceptionnelle que nous devinons, nous nous sommes trompés sur le chemin qu'elle devait suivre, elle semble habitée par une grâce qui nous échappe. Ce que nous vivons avec distance, elle le vit dans sa chair. Nous avons décidé, pour la protéger, de ne plus la revoir. »

Ses amis s'étaient éloignés, la laissant seule avec ses questions. Face à la mélancolie de sa fille elle était sans ressources, dépourvue d'arguments, d'idées, de raisonnements pour l'aider à sortir de son emmurement.

C'était devenu vital. Je devais comprendre, seule. Les autres m'avaient trompée, trahie. Quelle raison à ce cataclysme ? La question hantait mes nuits en une migraine infinie.

Pourquoi était-Il mort, Lui qui ne pouvait mourir ? J'allais chercher dans mes songes, comme sur les ailes fragiles de l'âme au creux de mon sommeil, les feux follets accrochés à mes rêves, pour sortir de cet exaltant crépuscule.

J'étais dans le cimetière gitan, toutes les tombes s'étaient ouvertes, chaque cercueil devenait un stand de fête foraine. Le ciel tombait dans un bruit d'avalanche au rythme des chants tziganes.

Au centre, les ombres s'étaient rassemblées autour d'un catafalque lumineux. Un défunt reposait sur des coussins de satin violet. Son cœur ne battait plus mais son visage souriait, reflétant une inquiétante certitude.

Je m'approchai de lui, il s'éveilla et son sourire

disparut. Ouvrant ses paupières dans un déchirement, il n'avait plus d'yeux. À la place du cœur, s'ouvrait une plaie palpitante. Il joignit ses mains pour prier mais ses bras se détachèrent de son corps et tombèrent à ses pieds.

Je voulus me baisser pour ramasser ses mains jointes, les envelopper des miennes dans le même mouvement.

J'entendis des paroles semblant s'échapper de la plaie. Elles scandaient des néants immobiles et muets de froide éternité. La voix qui les prononçait était cristalline. Je murmurai alors ces mots : « Mon Dieu, pourquoi es-Tu mort ? » Je tombai à genoux.

De gigantesques serpents entouraient l'univers, les planètes formaient un anneau, s'engouffrant dans la plaie. Les mains jointes sur le sol s'ouvrirent et, saisissant les mondes, les serrèrent ensemble à les faire éclater. Tous les manèges, les grandes roues se déréglèrent, accélérant leur ronde folle.

Au creux de mes paumes, un cœur de givre me demandait de le réchauffer. Je compris que Dieu mourait de tristesse et de froid. Je refermai alors mes mains pour protéger ce cœur.

Je me réveillai. C'était le mien qui battait. Dieu n'était pas mort. Je savais que je pouvais maintenant donner un sens à ma vie, empêcher cela,

Lui offrir mon amour, mon être, pour calmer sa douleur.

Elle était transfigurée, avait retrouvé l'éclat de son enfance, semblait désormais habitée par une certitude jubilatoire. Elle poursuivait ses études, heureuse.

Un an plus tôt, à l'approche de l'été, elle annonça son désir de passer ses vacances dans une retraite. Elle avait découvert un ordre religieux dans un dépliant déposé dans la boîte aux lettres. Elle avait écrit et une sœur lui avait répondu, lui donnant quelques explications pratiques sur le voyage, le cloître, c'était tout.

Sa mère regarda ce guide. Sur le côté, une inscription en latin : « *Una cum Christo hostia cor unum.* » À l'intérieur, une phrase : « Dieu seul », précepte de la fondatrice de cet ordre.

« Ne sais-tu pas que tu es ma fille chérie ? Je t'ai choisie pour fonder une communauté où je serai aimé et servi. »

Sa fille lui raconta l'histoire de la fondatrice, religieuse née en 1793, sous la Terreur, qui perdit très jeune ses parents et consacra sa vie à une œuvre qu'elle baptisa « La maison des grandes orphelines ».

Venue à Dieu en 1832 par le vœu perpétuel

de chasteté et le don de tout son être au divin Cœur de Jésus, elle s'engagea dans la voie du sacrifice, visitant les hôpitaux pour laver les malades et ouvrant sa maison aux souffrances morales et aux filles perdues. Pour toutes celles qu'elle accueillait, elle était devenue la plus tendre des mères.

Son confesseur était un chanoine dont l'image figurait sur le petit livre, accompagnée de cette citation : « J'aime mieux peu d'âmes parfaites que des milliers qui se traînent sur le chemin de la tiédeur. »

Par une lettre, il lui demanda de créer la Communauté des Moniales Victimes du Saint Sacrifice. Elle répondit :

« Dieu met dans mon cœur le désir d'avancer et de répondre à Jésus qui m'appelle par votre lettre. Aussi, vous pouvez compter sur moi. J'ai médité sur le Christ souffrant, je désire m'unir à ses douleurs, si Dieu vous a inspiré une dévotion qui tende à les adoucir, à les partager et à l'en dédommager, j'y entrerai bien volontiers. »

L'archevêque soutint ce projet, un abbé en rédigea les règles et les constitutions. Ils reçurent l'approbation canonique et, le 8 septembre 1841, la religieuse prononça les premiers vœux de pauvreté, de chasteté, d'obéissance et de clôture dans cette communauté.

«Toujours souffrir, toujours aimer. Considérant le titre de Victime, je vis une société de vierges qui voulaient alléger Jésus du poids de sa croix, se dévouer, marcher à côté de lui, pour les mêmes motifs et les mêmes intentions. C'est uniquement par l'amour absolu que la religieuse Victime pourra remplir sa vocation.

« C'est en effet par l'amour que l'on paie le plus de dettes à la justice divine. Car Dieu n'est offensé que parce qu'il n'est pas aimé. Et c'est par lui que l'on console le cœur de Jésus de l'indifférence des hommes. »

Tout ceci la rassurait et l'inquiétait à la fois. Un immense bonheur dans un sentiment de doute. Sa fille passerait là quelques jours pour se reposer, réfléchir, se retrouver, mais la crainte qu'elle ne s'enferme dans cette solitude austère la troublait.

Elle aurait préféré qu'elle voyage, qu'elle ait des amis, qu'elle soit plus insouciante. Mais sa décision ne laissait aucune place à la discussion. C'était ainsi.

Le train m'emmenait vers cette retraite attendue, suivant une vieille ligne de chemin de fer desservant villes et villages. Elle ne fonctionnait encore que par la grâce de l'oubli des hommes.

Ma seule amie m'accompagnait dans ce voyage. Elle le désirait, me l'avait dit à maintes reprises. J'hésitais, elle avait insisté, je finis par accepter.

Sa compagnie m'enchantait, et j'étais triste de la laisser seule faire le trajet de retour.

Nous nous étions connues dans l'enfance. Au cours de ces années, elle était devenue la petite sœur que je n'avais pas eue.

Ce voyage était une fête célébrant notre diplôme, à laquelle se mêlait, pour elle, une certaine tristesse, pressentant que nous ne nous reverrions plus.

Nous aimions rire, nous amuser. Souvent je la sentais tourmentée par une sorte de souffrance, ne parvenant pas à me l'exprimer. Son regard se fixait sur moi, implorait que je devine ce qu'elle ne pouvait me dire.

J'étais confusément soulagée que ce voyage soit entre nous une cérémonie d'adieu. Nous repensions à cette dernière année, n'ayant pas plus envie l'une que l'autre de nous consacrer à ces activités auxquelles nos études nous préparaient.

Mon amie était perdue, elle disait inlassablement : « Je ne sais pas quoi faire de ma vie. »

Aucun garçon ne trouvait grâce à ses yeux.

Elle m'avait tout confié de ses amours, succession d'échecs et d'impasses.

Elle aurait voulu que je parte avec elle faire le tour du monde, oublier ses doutes, ses chagrins.

Elle parlait beaucoup, enchaînait les mots, craignant d'être interrompue, elle escamotait le moment de reprendre son souffle.

Elle était l'unique sujet de ses monologues sans fin. C'est aussi pour cela que je l'aimais, elle m'amusait tant. Ses interminables récits, tels des spectacles dont elle était la seule héroïne, me dispensaient de parler de moi, ce que je détestais.

Son respect de mes silences était la condition cruciale de notre amitié, mais durant ce voyage le temps s'écoula de façon particulière, et pour la première fois, elle ne résista pas. Surprise, je l'entendis me poser cette question : « Et toi ? »

Je compris à cet instant que notre relation prenait fin, qu'elle y consentait à sa manière, dans un relâchement inattendu. Je la regardai en souriant, elle se ressaisit et ne parla plus que d'elle jusqu'à l'arrivée.

Elle poussa tristement la porte du rez-de-chaussée loué dans cette petite maison de pierre grise, au bout d'une impasse donnant sur le parc du château. Un potager et un poulailler formaient une transition fruste entre le raffinement du parc et l'austérité de la ruelle. Sa voisine du dessus, vieille fille acariâtre, propriétaire de la maison, avait déjà éteint la lumière.

En passant devant la chambre de sa fille, elle sentit qu'elle serait vide désormais. Son chagrin, ses regrets l'empêchaient de penser.

Un an auparavant, au moment de cette retraite, elle aurait dû deviner sa décision de rompre avec le monde, de se clôturer, de disparaître à jamais.

Elle s'était rendue à la gare pour accueillir l'amie de sa fille, espérant qu'elles avaient parlé pendant le voyage. Elle la pressa de questions qui restèrent sans réponse. La jeune fille était enfermée dans le silence de sa mélancolie. Elle interpréta ce mutisme comme l'effet d'une désillusion amoureuse, une déception liée au refus de sa fille de l'accompagner faire le tour du monde. Elle pensa qu'il s'agissait de se protéger d'un sentiment qui ne pouvait être partagé.

Elle n'avait pas compris que, ce monde, sa fille ne voulait pas en faire le tour, mais le quitter. Qu'elle était ailleurs, déjà, dans un univers différent, où l'exploration est sans limites, sans frontières à traverser. Là où il n'y a plus de place pour quiconque, ni dans son âme, ni dans son corps. Là où Lui seul occupe tout. Sa fille avait fait en elle ce vide afin de mieux pouvoir y accueillir Dieu.

Disparaître, Te retrouver ici dans ma cellule, entre ces quatre murs blancs, cette chaise de bois, ce lit de paille. Laisser s'accomplir tout ce que je désire de la façon la plus violente.

Suis-je coupable de ne ressentir aucun renoncement à quitter ce monde ? Est-il normal qu'il me blesse à ce point ?

Ces âmes tièdes qui ne savent plus aimer. Cette acceptation docile de la dissolution de tout sens. Cette mesquine complicité devant l'anéantissement lent de toute chose. Ce vide nauséeux où nous sommes invités à creuser nos rivières dans une poisseuse porosité.

Je ne parviens plus à croire en ce que cette vie me propose : me marier, faire des enfants, avoir un métier, lutter, résister.

Tout cela, et le reste qui est pire encore, me semble voué à l'échec avant même d'avoir vu le jour. Ce qui vient de mon âme me semble condamné à y être piégé, abusé, trahi, simulé, inversé, anéanti avant que d'être né. Dis-moi, est-ce un péché de n'aimer pas ce monde qui ne T'aime plus ?

Elle ne trouvait pas le sommeil, imaginant, fiévreuse, chaque instant de la vie de sa fille dans la clôture. Trouble d'une présence lointaine et perdue dont tout lui échappait.

Tels ceux qui disparaissent sans laisser de trace, s'évaporant un jour, abandonnant les leurs à l'ignorance, à l'inconnu. Dans quel monde sans repères se trouvent-ils ? Peut-être au coin de la rue. Quitter les siens pour aller au bout d'une autre vie, d'une double identité.

Bien sûr, pour elle c'était différent, elle pouvait imaginer sa vie, ses rites, ses habitudes, mais cette cassure brutale et profonde la livrait au cauchemar, à la nuit.

Elle relisait sans cesse les règles du couvent, son organisation, son emploi du temps, cherchant désespérément à l'entrevoir, à l'étreindre par ses pensées, à percer le mystère de cette nécessité de disparaître et sacrifier sa propre identité pour laisser place à l'absolu.

Elle se leva et alla dans cette chambre qu'elle avait à peine osé regarder en rentrant. Ses vêtements étaient posés là comme si le temps s'était suspendu, qu'elle était partie dans l'urgence.

Elle entreprit de les ranger soigneusement et consacra le reste de sa nuit à tout remettre dans un ordre qui la rassurait et l'effrayait en même temps. Lorsque tout fut terminé, elle décida de s'accorder un geste qu'elle s'était toujours interdit, enlever le drap noir qui recouvrait le miroir de la chambre. Elle y découvrit, stupéfaite, une phrase gravée sur le verre, en lettres majuscules :

« JE SUIS TA SUBSTANCE. REJOINS-MOI ET TU DISPARAÎTRAS. »

Je sentis un anéantissement. J'étais tombée dans un abîme, là, au centre de mon corps, aspirée vers le sol où je me prosternais, face contre terre, pour y disparaître, concrétisant ainsi mon néant. Je découvrais que je pouvais Lui parler par cet abîme et L'entendre me répondre plus distinctement que si Sa parole me venait par mes sens corporels.

Je n'étais plus un corps, je m'abandonnais à la terre pour mieux Le retrouver, mon cœur et mon âme étaient vides. Seul demeurait le désir de Le servir et de L'aimer.

Souffrir avec Lui, ne plus avoir de repos, n'être plus qu'obéissance. Je voulus Lui dire : « Jésus, regardez-moi, regardez votre enfant, je Vous aperçois, Votre corps couvert de plaies, permettez-moi d'y pénétrer, de m'y clôturer pour ne plus en bouger. »

J'essayai de prononcer cette phrase, mais je demeurai la bouche ouverte sans pouvoir pro-

noncer une parole. Je compris qu'à cet instant cette faculté m'avait été enlevée. Pourtant je savais que la phrase avait été dite et qu'Il m'avait entendue. Il me répondit :

« Lève ton visage, et laisse-moi t'accueillir. »

À l'aube de cette nuit sans sommeil, parler de sa fille était plus qu'un besoin. Qui, au village, pourrait l'écouter ? Apaiser ses doutes. Alléger son absence. Elle sortit, marcha, ivre du besoin de son enfant, sans réel but.

Sur la porte de la librairie, un écriteau. Il serait de retour dans l'après-midi. Ses pas la menèrent au bourg bas dont personne ne veut descendre la côte abrupte. Elle savait que sa maison se trouvait là, où les gens du village n'allaient plus jamais depuis qu'un matin un corbeau avait été cloué sur la porte.

Elle poussa le portail, le rez-de-jardin à l'abandon laissait entrevoir une demeure de pierres sombres aux volets clos. Pas le moindre chant d'oiseau. Elle avança, somnambule, monta les quelques marches menant vers la porte d'entrée.

Elle agita la petite cloche, insista, personne ne l'entendait, seul l'écho lui renvoyait un semblant de vacarme, entre mélopée et phrases scandées. Elle poussa la porte, qui s'ouvrit sans résistance.

Au cœur d'un immense vestibule jonché de livres et de papiers épars, une grande table, derrière laquelle trônait le libraire, vêtu d'une robe de chambre de velours noir.

Son œil perçant brillait. Il était transfiguré, parlait avec volubilité, semblant distribuer des distinctions, des promotions aux consonances baroques. Si ce lieu n'avait pas été empreint de mystère, elle aurait trouvé tout cela ridicule.

Elle resta un long moment face à lui, le regardant décrocher puis raccrocher au nez d'invisibles interlocuteurs dont les noms égrenés résonnaient d'importance.

Il n'eut pas l'air surpris de sa présence, la fit asseoir d'un geste expéditif et autoritaire, la pria d'attendre la fin de cet étrange ballet. Trois autres appels se succédèrent auxquels il répondit avec la même emphase, puis le silence fut une délivrance, lui rendant son visage de cire et sa voix sourde :

« Vous êtes venue me parler de votre fille. Elle est partie. Nous l'avons deviné. Même si, ces temps derniers, nous avions cessé de la voir, nous pressentions sa décision. Aucun de nous n'est responsable. Elle voulait partir, se cloîtrer, faire silence. Il est vrai qu'il y a un an, j'avais retrouvé un ami de collège. Nous avions été ensemble au séminaire des Jésuites. Il était devenu prêtre. Je lui ai parlé de votre fille, de ce qui nous apparaissait chez elle d'une exceptionnelle rareté, de cette lumière qui rend son visage irréel. Depuis, il s'est retiré dans son monastère et je ne l'ai plus revu. Je crois qu'il n'est pas très loin, peut-être a-t-il cherché à la rencontrer. »

Elle le regardait, l'écoutait. Les sons émanaient de lui comme d'une statue. Était-il seulement réel, ou était-ce une hallucination ? Elle aurait voulu lui poser d'autres questions, mais le poids des mots était plus lourd que sa peine.

« Je suis désolé de ne plus pouvoir vous aider. »

Il se leva, lui indiqua la sortie d'un geste lent. Elle remonta l'allée, la tête vide, rentra chez elle et se coucha pour dormir enfin.

La deuxième nuit, je fus réveillée brusquement par un rêve inquiétant. Dans une cathédrale, deux aiguilles géantes tournaient à l'inverse du temps au milieu de la rosace centrale, formant une pendule folle, démesurée.

Au centre de l'allée, une pierre tombale sur laquelle était gravé :

L'Ange de la première heure. 8 Fructidor An I.
L'Ange de la dernière heure. 25 août 1793.

L'évocation de l'Apocalypse, mêlée à ces indications, m'entraînait dans une sensation de vertige. Je rassemblai mes souvenirs et comptai mentalement les jours.

Je compris qu'il s'agissait de la même date, et sa double signification m'apparut. La première, le 8 Fructidor An I, était le jour de la naissance de la fondatrice de notre communauté. J'imaginais cette venue dans la tourmente d'un monde livré à la guerre civile, à la Terreur. La seconde, le 25 août 1793, était inscrite au bas de la page sur laquelle le poète allemand évoquait pour la première fois la mort de Dieu. Le même jour. Cette coïncidence troublait mes pensées.

Pourquoi rompre le fil du temps ? Est-ce celui qui assemble et tisse pour refermer mon cœur et mes lèvres, m'empêchant d'avoir des repères semblables aux autres, pour qui le temps n'est rien ?

J'étais sensible aux coupures imposées par les hommes, elles devenaient pour moi des blessures. Tout ce qui décomposait le temps semblait me composer.

J'avais appris, il y a longtemps, que les révolutionnaires avaient changé le calendrier. Le 10 août

1793 fut la première fête sans Te Deum *ni bénédiction.*

Ces douze mois égaux, géométriques, découpés chacun en trois décades. Ces jours de nulle part pour boucler une année qui ne tournait pas rond et qu'on baptisa « sans-culottines ». Ces noms, dans ma tête, telle une farandole, évoquaient les forces sourdes, venues d'une nature hostile et joyeuse.

Vendémiaire. Vendanges du raisin qui enivre, faisant oublier les chagrins, grains rouges écrasés comme le sang qui s'écoule, perlant aux blessures des âmes et des corps, rassemblant les êtres en un même mouvement.

Brumaire. Brouillard recouvrant les plaines et les champs, les routes où tout se perd et s'efface, ne laissant apparaître que des ombres incertaines.

Frimaire. Le froid qui pénètre, nous rendant immobiles, insensibles à l'amour qui réchauffe, solitude absolue sans rien qui console le cœur, stère de bois absent de toute flamme, désolation des âmes engourdies.

Nivôse. La glace stratifiant les corps, gelant notre peau, recouvrant les âmes d'un fin tissu de givre, ne laissant place qu'au blanc et à la mort prochaine.

Pluviôse. Pluie fine ou déferlante vague, se mêlant aux larmes des chagrins, alourdissant nos pas, empêchant d'avancer sous le poids de ces eaux.

Ventôse. Et le vent des moissons, la tempête ivre de ne plus s'arrêter, dévastant tout au passage de son souffle, sirocco brûlant le maquis, les oliviers, cyclone déferlant sur un monde endormi.

Germinal. Germe de blé, pain partagé pour apaiser la faim, moisson de mille couleurs, espoir d'une vie chaque jour renouvelée, jetant le bleu du ciel sur des champs de tournesol à l'infini.

Floréal. Fleurs par brassées de couleurs, de douleurs et de joies, roses vivantes ou séchées, déposées sur les corps à l'instant de la mort.

Prairial. Des prairies tout au long des coteaux, d'immenses étendues sauvages, au goût de liberté, où l'herbe pousse seule, le temps d'une promesse, le temps d'un baiser.

Messidor. L'odeur âcre des tiges coupées à la faux, sécheresse promise aux nourritures terrestres.

Thermidor. Douce tiédeur d'un air baigné de torpeur, nuits trop brèves pour laisser venir le sommeil, chaleur diffuse au creux des bras aimés.

Je gravissais ces mois comme les marches menant à l'échafaud d'un escalier conduisant vers la fin des temps.

Ceux qui avaient voulu cette ère nouvelle prétendaient qu'en offrant chaque jour de l'année à la commémoration d'un saint les prêtres les avaient dupés, que tout cela n'était que mensonge, duperie et charlatanisme.

Je songeais avec fascination à ces hommes qui ne se croyaient redevables qu'à la nature, libérés de toute image, rouages d'une machine implacable. Ils s'étaient perdus, tuant le symbole de Dieu, et n'avaient plus d'autre issue que d'aller au bout de leur dérive, de la logique qui les menait à l'institution et au triomphe du crime.

Je compris que là était né notre monde, celui où nous sommes aujourd'hui jetés, tels les infimes maillons d'une monstrueuse mécanique faite pour la circulation des marchandises, de l'argent, des techniques. Depuis, les hommes, broyés dans une même ronde, ne savent plus cette chose si simple, prier, car ils ne Vous aiment plus.

Elle n'avait aucun désir. La parole s'était tue. Le silence, en elle, s'était refermé. Elle était résignée, soulagée de ne plus entendre tous ces bruits, ces flots de discours la menant au bord du précipice.

Pour la première fois, la solitude triomphait d'elle. Au moment de la disparition du seul amour de sa vie, la présence de son enfant avait tenu ce sentiment distant. Mais cette seconde disparition lui semblait plus insurmontable que la mort.

Elle rangeait inlassablement ses vêtements d'écolière, ses jouets, les plaçait, les déplaçait. S'en débarrasser et les garder en même temps. Ses paroles prenaient corps, devenaient des fragments de matière, elle aurait voulu les dire, hurler cette présence qui ne s'incarnait plus, elle refusait la réalité, doutait, remettait tout en cause, écartelée entre un deuil impossible et une colère qui l'oppressait.

Tout en elle rejetait le geste de sa fille. Elle aurait préféré que sa foi se tourne vers les autres, soulageant les souffrances. Mais pas ce retrait. Pas cette fermeture au monde et à son propre amour.

Elle fut prise d'une sorte de rage. Sombrait-elle dans la folie ? Ou était-ce sa petite qu'elle avait saisie, l'emmenant vers ce monastère ? Au bout du silence, ces pulsions brutales se calmèrent. Elle se laissa envahir par le vide qui lui parlait :

« Elle est morte à toi, aux autres, mais pour Lui, elle demeure. » Les pleurs vinrent enfin la libérer de cette tension.

À travers ses larmes, à genoux devant le crucifix de sa chambre, elle L'invoqua, s'approchant pour L'entendre, comprendre enfin cette capture : « Du sacrifice offert par les insensés, mais ils ne savent pas qu'ils font le mal. »

Seigneur, laisse-moi vivre seule avec Toi. N'être plus qu'un signe sur Ton corps supplicié. Y abandonner le mien. Laisse mon amour se mêler à la mort, devenir une flamme céleste, que rien ni personne ne pourra éteindre, qu'aucune force ne viendra souffler.

Disparaître. Échapper à mes frères, à mes sœurs, n'avoir d'autre famille que la Tienne. Oublier l'idée de descendance, faire fondre en moi dans cet amour absolu toute trace de progéniture.

N'obéir à rien. Sauf à cette infinie passion, terrible, inflexible, qui ne mène pourtant qu'à une douleur extrême. N'être, pour Toi, par Toi, que l'union d'une âme avec Dieu.

Alors, j'entendis Ses paroles :

« Quand le moment sera venu, je t'offrirai cette solitude et tu seras avec moi pour l'éternité. Pour l'heure, songe à la douceur de l'obéissance, de l'humilité et de la souffrance. »

Elle voulait comprendre, savoir, ne pas rester ainsi. Elle questionna, interrogea les uns et les autres. Qui était ce prêtre dont le libraire disait qu'il n'était peut-être pas très loin ?

Un matin, à l'aube gelée, elle monta la colline abrupte jonchée de ronces et d'arbres enchevêtrés qui conduisait à l'abbatiale, près du village voisin.

Longtemps, devant la haute porte, elle attendit celui à qui elle désirait parler. Un moine au visage caché avança enfin vers elle, lui prit les mains puis, se découvrant, lui offrit son regard clair, limpide. Ils parlèrent dans le froid matinal.

Confesseur de sa fille depuis quelques années, il lui avait indiqué le Cloître des Victimes pour répondre à sa demande d'effectuer une retraite. Il avait déposé le petit livre dans sa boîte aux lettres.

Il réfuta toute idée de secte dont le libraire aurait été le maître et tenta de lui expliquer :

« Vous savez... dans nos régions retirées, les rumeurs ne sont pas toujours le reflet de la réalité. J'ai très bien connu cet homme. Nous avions le même désir de devenir prêtre. Mais la passion du savoir le mena vers d'autres études.

« Il devint professeur, semblable à un de ces mandarins de l'Empire céleste, une idole pour ceux qui l'entouraient, à l'influence profonde. Démystifiant toute chose, il entraînait ses élèves vers des chemins nouveaux. Passionné par les poètes comme par les grands mystiques, une force solaire se dégageait de lui.

« Puis vint la guerre, il fut destitué, certains de ses amis se fourvoyèrent. À la Libération, chassé par l'université, obligé de fuir, caché derrière de fausses identités, il fit de la clandestinité le fondement de sa nouvelle vie.

« Son occultation lui permit d'animer des travaux secrets. Cas unique dans l'histoire, sa pensée domina notre époque sans que personne le sût jamais.

« Cet homme, véritable génie, je ne trouve pas d'autres mots, est bien le libraire caché au fond de notre village.

« Votre fille a eu la chance de le connaître, il lui a délivré un enseignement que peu ont reçu. Mais au travers de cette initiation un appel plus fort lui est apparu. Tel est le mystère de la foi, nous devons le respecter.

« Je comprends votre chagrin, mais ce qui l'atteint n'est pas un désordre intérieur, c'est une lumière singulière qui l'illumine et la touche. »

Elle regarda le prêtre, il était sincère. Elle savait maintenant qu'une part de sa fille lui avait toujours échappé, celle qui cherchait partout des armes pour lutter contre le mal, et que, ne trouvant pas la réponse, elle s'en était allée là où elle était sûre de pouvoir l'affronter.

Chaque nuit m'est une mort. Chaque matin une résurrection. Et je Te retrouve.

Ne plus dormir. T'aimer à en perdre le sommeil. Être dans Ta lumière. Te chercher sans cesse. Vivre à Tes côtés.

Prends cette obéissance, exige de moi ce que Tu désires. Je ne crains ni l'obscur ni les flammes. C'est au tombeau que je Te rejoindrai.

Dispose de moi. Prends ce que je suis, par cette obéissance que Tu m'imposes. Je ne crains pas le trépas. Je désire cette éternité dans mon amour pour Toi, ne m'en dispense pas.

Ce n'est pas non plus l'existence future d'une âme séparée. Ce n'est, en rien, un prolongement de moi dans un autre moi-même.

C'est inscrit dans mon corps, lui que je désire retrouver dans sa disparition, avec Toi. Tu es, je le sais, cette éternité-là.

Je revois le jeune homme, sa silhouette diaphane, allongée sur le drap blanc. Son visage a retrouvé un sommeil d'enfant. Il est mort et pourtant sa vie est posée sur ses traits. À travers cette quiétude, libéré de ses souffrances, à ce moment, je T'ai vu en lui, et j'ai compris que Tu étais cette éternité et qu'il était l'ange déchu.

Les forces obscures qui se déchiraient autour de la future novice n'étaient pas celles des sectes où les êtres fragiles, sans but, se jettent, espérant trouver un sens à leur vie.

Elle s'était emmurée dans ce cloître, avait brisé tout lien avec ceux qui ne pouvaient la comprendre, non pour se protéger de ces puissances, mais pour les affronter.

Elle avait aussi rompu le lien maternel, voulant se construire hors du regard étouffant qui vous enveloppe dans son prolongement.

Elle ne pouvait faire le deuil de son enfant vivant, c'était trop cruel à accepter. Faire des enfants pour qu'ils vous échappent et comprendre, un jour, qu'ils ne sont plus là, vous laissant face à votre solitude.

La disparition la cernait de toutes parts, point de fuite par où sa vie lui échappait. La déclinant sous toutes ses formes, elle pensait au prêtre qui s'était retiré du monde, au libraire qui avait inventé sa propre forme de disparition, à l'accident qui avait emporté l'homme de sa vie, à la vocation dévorante dans laquelle sa fille s'engloutissait. Elle percevait désormais sa propre vie comme un désert sans mirage.

II

La clôture

Abbesse du monastère depuis près de trente ans, elle voulait être considérée comme une mère par chacune des vingt femmes de la communauté, désirait que toutes occupent la même place dans son cœur et dans son âme. Elle était préoccupée par l'arrivée de cette novice. Depuis longtemps personne n'avait franchi le seuil du monastère et toutes portaient le voile noir des vœux perpétuels.

Le voile immaculé de la novice marquait une renaissance. Il confirmait à la Mère supérieure ce qu'elle avait imaginé au fil de leur long échange de lettres. La vocation de la jeune fille ne faisait aucun doute et la fermeté de son engagement lui permettrait de résister à leur mode de vie, à leur discipline, de respecter la règle absolue du silence. Mais la Supérieure craignait confusément qu'avec la nouvelle venue une période trouble ne s'ouvre.

Cette âme pure ravivait un sentiment de culpabilité provoqué par le départ d'une sœur qui au terme de trois années avait renoncé et les avait quittées. La mère se le reprochait comme un échec, un excès de rigueur, une correction trop rude des fautes qu'elle aurait dû guérir avec plus de douceur. Elle était hantée, depuis, par la volonté de trouver un équilibre entre tendresse et sévérité dans sa façon d'aimer les moniales.

Silence. Tout se fige, tout prend corps dans ce chant du néant, c'est la règle. Ne plus rien dire pour mieux entendre ces recueillements, ces pensées tournées vers le monde.

Silence pour ce monde discordant, pour l'écouter, pour transfigurer le temps. Prier pour que la terre écoute la parole des autres, la méditation remplaçant la vanité, ses flots de phrases sans pensée.

Pour que chaque intention soit exacte et réfléchie, demander la parole afin de l'obtenir et que les mots ne sortent plus que pour de justes raisons, que l'humanité soit moins souffrante et s'écoute enfin. Silence.

L'empressement de la novice réveillait la somnolence où la communauté semblait s'être installée. Toujours la première pour le *Gloria* du Psaume des Vigiles, ses nombreuses présences solitaires dans l'oratoire, sa régularité dans la lecture, son mutisme absolu durant le travail, sa frugalité lors des repas apparaissaient à l'abbesse comme autant de défis pour les autres, accoutumées à rythmer le silence de façon moins rigide.

Elle avait perçu sa ferveur et sa fièvre lors de la cérémonie du noviciat, à sa manière de se prosterner à ses pieds, aux pieds de toutes ses sœurs, aux tonalités limpides de ses réponses lorsqu'elle l'interrogeait sur son désir de se consacrer à Dieu. Son recueillement à l'instant de prononcer ses vœux avait provoqué un frémissement dans l'assemblée.

Pour l'heure l'Abbesse préférait penser qu'il s'agissait d'un bienfait, regardant songeuse la jeune fille rejoindre sa cellule.

Le lendemain matin, on frappa à sa porte. Elle ouvrit et se trouva face à la novice :

« Ma mère, puis-je entrer ? Je dois me confier à vous. Cette nuit, ne trouvant le sommeil, mes pensées m'ont menée au village, là où je suis née. J'ai revu ma maison, la chambre où j'ai grandi. Tout me semblait vide, elle n'était plus là. Je voudrais souffrir de son absence, éprouver un manque, pleurer. Je n'ai vu que des ombres, celles du passé, tout était déserté. Est-ce normal de ne rien ressentir lorsqu'on abandonne les siens ?

« Une violente douleur m'a envahie qui partait du centre de mon corps, comme si je m'en arrachais par une naissance qui me venait enfin, découvrant ma véritable existence et perdant toute image de celle qui m'avait mise au monde.

« Je désire plus que tout me plier à votre discipline, afin de rester avec Lui, auprès de vous, ma mère, pour calmer ces angoisses.

« Les seules émotions que j'éprouve viennent de Lui. Je suis tout entière tournée vers Son amour, Il envahit tout, ne laissant plus de place pour quiconque.

« Ma mère, j'avais besoin de vous confier ces tourments. »

Son flot de paroles l'avait raidie. Elle demanda à la novice de baisser les yeux, d'incliner sa tête vers la terre et lui parla doucement, mesurant ses mots :

« Trouvez en vous le chemin de l'humilité, et tout ce qui, aujourd'hui, vous effraie, vous pourrez l'affronter et le porter sans peine, car, au bout de cette voie étroite, vous rejoindrez la charité qui éloigne les craintes, vous parviendrez heureuse et sereine à la vision du

Dieu tout-puissant, et cette joie ne vous sera plus jamais enlevée. »

Alors entre elles se fit le silence.

Retenir la parole. Reprendre souffle en soi. Penser juste. Garder ses douleurs, ses bonheurs, pour mieux les maîtriser. Que rien ne s'échappe par des phrases réductrices. Enfermer ses peurs et ses doutes en une même boucle.

Qu'aucun son ne sorte des lèvres closes. Le silence domine le chaos, les cris, les peurs et les peines. Juste l'âme et le corps glissant dans l'air, que flotte la quiétude du temps qui s'écoule. L'écho des prières célestes, des chants sacrés arrêtant la terre pour apaiser les souffrances et la mort.

L'abbesse avait joint les mains, fermé les yeux, recouvrant de sa prière silencieuse la jeune fille qui près d'elle s'était agenouillée.

Rentrée dans sa cellule, la novice se répéta inlassablement les douze degrés de l'humilité, tentant d'analyser pour chacun ce qui en elle résistait.

Elle acceptait pleinement celui de l'obéissance sans délai, l'urgence absolue de servir Dieu, il n'y avait rien qui méritât qu'on la diffère, ne serait-ce qu'un instant. Elle vivait ces moments dans l'impatience, toujours tentée de les précéder.

Elle aimait se confronter aux épreuves, aux contrariétés, refuser la pente douce au gré de sa vie, accepter l'effacement des désirs, des plaisirs. Ainsi recevait-elle les ordres de la Mère supérieure sans trouble ni murmure, comme autant de témoignages de son propre renoncement.

On avait toujours dit à son propos qu'elle était volontaire, ce qu'elle n'appréciait pas. Sa soumission à ce qui la contrariait la libérait de sa volonté propre. On l'avait toujours complimentée, couverte de louanges, provoquant en elle une gêne profonde. Elle pouvait enfin se satisfaire d'être réduite à rien, convaincue d'y trouver la vérité.

Ses amis la jugeaient décidée, capable d'initiatives, ce qui lui semblait une fausse disposition, elle ne cherchait qu'à se fondre dans la règle commune.

Elle refermait ses lèvres pour ne plus parler, sortie de ce langage venu du corps, elle voulait n'être plus qu'une réponse à l'interrogation des autres. Douce, grave, sans éclat, elle fixait son regard vers le sol, sachant désormais que l'humilité était le seul chemin pour rendre supportable ce qu'aucun ne pouvait admettre, cette réduction au néant que produit la vision divine.

Une brûlure diffuse avait envahi son corps depuis cette renaissance, cet auto-enfantement. Elle l'acceptait. Elle était une réminiscence de ses souffrances anciennes, douleur devenue compagne quotidienne, pas un jour sans devoir dialoguer avec elle, ne jamais se laisser anéantir, s'y résigner pour la faire accepter par les autres.

À qui était cette douleur? Était-elle la dernière trace de ce qui, en elle, disparaissait, le signe de sa nouvelle naissance ou l'annonce d'une future souffrance qu'elle recevrait de Lui?

La nuit, seule dans le silence de sa cellule, elle se demandait si ce n'était pas le Mal lui-même qu'elle découvrait sous une autre forme, pour le combattre à nouveau.

J'étais à la lisière de la forêt, derrière le château, c'était l'aurore. Les feuilles tombées formaient un ensemble mordoré. J'avançais pieds nus sur ce tapis qui me couvrait les chevilles.

Je marchais sans but, n'ayant sur moi qu'une longue chemise blanche. Seul le froid guidait mes pas, j'espérais du bois pour faire du feu et plus j'avançais, plus je m'éloignais de tout.

Le jour se levait, il ne pouvait filtrer tant les thuyas étaient hauts, remplaçant le ciel, obscurcissant la lumière matinale. Une forme blanche m'apparut au loin, posée sur le sol, une biche, une brebis avait dû s'égarer.

La silhouette restait inerte. J'accélérai le rythme. À quelques pas de cette forme, je sentis mes jambes fléchir, je grelottais, avançais à genoux. Les feuilles et la terre me glaçaient, j'étais couverte de boue.

Je me penchai. C'était un jeune homme. J'écartai les feuilles qui couvraient son visage et reconnus dans l'instant le fils de la châtelaine.

Son corps nu et glacé reposait au cœur de la forêt. Sa sombre chevelure faisait apparaître plus encore la finesse de ses traits. Nous avions le même âge, il avait tant souffert, un père absent, une mère dure et autoritaire n'avaient su lui donner l'amour qu'il réclamait.

Sa sensibilité, sa tendresse m'avaient touchée, mais je n'avais pas répondu à son amour. Je le retrouvais glacé, mort sur ce lit de terre, l'enlaçais, le serrais dans mes bras, lui donnant mon amour pour que sa vie revienne. Mes larmes coulaient sur ses joues. Je murmurai :

« Réveille-toi, et je pourrai t'aimer. »

Seule la raideur de son corps répondit à mes prières. Alors je creusai inlassablement de mes mains une fosse profonde. Je n'étais plus qu'argile et je creusais encore.

Il était décharné, son visage restait d'une beauté parfaite, aux traits enfantins. Je le portai au creux de la fosse, voulus y descendre à mon tour. Mais une voix se fit entendre :

« L'heure n'est pas venue, va où je t'attends, viens vers moi, pour comprendre, pour accepter. »

Je me relevai, la tête dans un étau, une rose rouge à mes pieds. Je déposai la fleur sur son corps, le recouvris de lichen et de branches. J'étais inerte, figée, quand le chant des complies me tira de ce songe terrifiant.

Au fil des jours, son appétit diminuait. Elle recevait sa portion, rendait grâce à Dieu, mais touchait à peine le contenu de son assiette.

Elle était tenue, selon les règles du couvent, de rester à sa place jusqu'à ce que toute nourriture fût absorbée. Elle mangeait avec lenteur, redoutant le moment d'avaler chaque bouchée, et les autres sœurs la regardaient discrètement.

La cellérière du monastère avait compris les difficultés de la novice et réduisait imperceptiblement ses parts. La jeune fille voyait bien le subterfuge, elle était gênée de pousser une de ses sœurs à la faute, mais la nourriture lui était un poids si lourd qu'elle pensait, la prenant, s'éloigner de Dieu.

Elle désirait la légèreté propre à son nouvel état de grâce. Un soir elle se présenta en retard au repas et fut, selon l'usage, mise à l'écart de la table commune. Ce qui pour ses sœurs était une punition lui parut un bienfait.

L'abbesse se pencha vers elle et dit à voix basse :

« Pourquoi préférez-vous être remarquée pour votre retard et non pour votre refus de vous alimenter ? Ressentez-vous une gêne, de la honte ?

— Non, ma mère, je n'ai pas faim, sauf de la parole de Dieu. En ne mangeant pas, je reçois mieux la lecture. »

La mère reprit :

« Ma fille, ce que vous percevez des règles de saint Augustin est bien éloigné de ce qu'il a lui-même désigné comme un excès propre aux anachorètes d'Égypte. Vous ne devez pas vous faire remarquer par quelque différence. Non seulement cela pourrait être perçu comme un trait d'orgueil, mais n'oubliez pas que l'unité est le but éminent de ce monastère. »

Elle lui parlait avec douceur et fermeté,

pressentant le risque que la novice souffre d'anorexie, et lui recommanda de prier seule dans l'oratoire.

Là, dans l'extrême solitude de ce lieu consacré à la prière, elle prononça six fois :

« Mon Dieu, pourquoi m'as-Tu abandonné ? »

Et elle se prosterna pour mieux faire croire à Lucifer qu'elle n'était plus qu'un corps vide, à l'abandon.

Repensant à son rêve, elle tentait de le comprendre. Le jeune homme dans la forêt était bien celui qui l'avait aimée. Sa beauté fragile avait une grâce féminine mêlant le charme et la destruction. Tout la conduisait à répondre à cet amour, elle s'en était pourtant gardée, obéissant à une voix intérieure.

Quelques années auparavant, leur séparation, due à la maladie de la jeune fille, l'avait livré à la solitude. Il errait dans les pièces sans fin du château. Pas une présence pour lui donner de l'amour, de la tendresse. Sa mère, la châtelaine, ne voulait pas qu'il se mêlât aux autres enfants. Ses journées s'écoulaient dans le délaissement.

Une nuit, il monta sur une des tours du château pour y voir la lune pleine et tomba dans le vide. Le sol reçut son corps disloqué.

Ils se connaissaient depuis toujours car la mère de la petite travaillait au château.

Sa chute avait sectionné la moelle épinière, il survécut, condamné à sa chaise, paralysé. Exténué, il mourut, elle perdit l'appétit. Peut-être se punissait-elle d'une faute qu'elle n'avait pas commise, d'une culpabilité lancinante, la laissant penser qu'il aurait pu mourir de désespoir.

Son goût pour les aliments avait toujours été précaire. Elle en refusait certains depuis l'enfance : le lait, tout ce qui pouvait s'en rapprocher.

Mais ce qui revenait dans son rêve était plus complexe. La lumière qui enveloppait ce corps, au fond de la forêt, dont elle s'était demandé, de loin, s'il s'agissait d'un animal, elle l'avait toujours perçue en chacun. Un éclair la pénétra, chassant les ténèbres, lumière des corps, mais aussi des bêtes, c'était sa propre grâce, et elle la nourrissait.

Cette illumination lui chantait qu'elle pouvait surmonter sa double mort, celle de son âme abandonnée par Dieu, celle de son corps abandonné par son âme.

Par un affaiblissement extrême, elle laissait ce halo se glisser en elle. Par la pénitence absolue, par la continence, elle pouvait faire mourir le corps du péché et insuffler une vie affaiblie par la chute de l'homme. Elle essayait, jour après jour, de rejoindre la perfection immuable d'une vérité capable de vaincre tous les mensonges.

Si son âme avait été insensée, si elle avait été déchue de sa grâce, son corps serait mort de ne point se nourrir. Mais l'inverse se produisait, son corps reprenait vie par cette ascèse, la légèreté marquait chaque jour son ascension vers la pureté du Verbe, en qui tout a toujours été, est, et sera. La vie se renforçait en elle, bougeait de moins en moins, devenait immuable.

Elle comprit pourquoi le songe l'avait réveillée au moment où elle enterrait le jeune homme. Elle avait senti peser sur son âme la charge du corps corruptible, ne faisant de la vie sur terre qu'une tentation.

Sa destinée tendue vers celle des anges, vers la gloire qu'elle cherchait dans son corps, elle comprit ce qui la retenait, il fallait laisser les morts ensevelir les morts.

Avançant sa main vers la représentation du Christ en croix dans l'oratoire, elle toucha sa plaie ouverte et découvrit qu'il s'agissait de la Résurrection.

Mes promenades au cœur des fêtes foraines devenaient des souvenirs lointains. Les premières émotions d'enfance, les frissons d'adolescence se confondaient dans ces endroits magiques.

Je me perdais dans ces couleurs irréelles, m'étourdissais de musiques dissonantes, percevant ces attractions comme l'antre du diable.

Je déambulais parmi les magiciens faisant disparaître d'étranges animaux, les cracheurs de feu, les monstres aux formes multiples et terrifiantes sorties de l'enfer, j'étais invisible au centre du royaume des démons.

Un jour, échappant à la vigilance de ma mère, j'approchai d'une caravane, attirée par son inscription : « Photographe ». J'entrai. Un homme était dissimulé sous un drap noir, derrière un appareil en bois posé sur un haut trépied.

Une lumière bleutée éclairait une vitrine. Je vis un ensemble d'images mystérieuses. Elles représentaient des êtres inertes, comme défunts, simulant des attitudes quotidiennes, habillés de vêtements datant du siècle dernier. Leurs visages demeuraient sans vie, leurs yeux fermés, leurs lèvres closes les rendaient immobiles. Des hommes, des femmes, des enfants semblaient être morts à l'instant de la pose.

J'eus un mouvement de recul, bousculant une femme aux lourds bijoux, coiffée d'un turban argenté.

Elle me serra le bras et me dit :

« N'aie pas peur, petite, ces images sont magiques, elles redonnent la vie. Si tu veux, le photographe va saisir ton visage. Il faudra que tu fermes les yeux, que tu arrêtes de respirer. Puis nous mettrons ton portrait dans cette boîte. Il y sera conservé à l'abri de toute lumière. Ainsi tu trouveras la vie éternelle. »

J'étais fascinée par ces icônes. Étaient-ils vraiment morts ? Mon corps était douloureux, j'étouffais, les odeurs d'ambre et de musc me donnaient la nausée. Je trouvais la force de m'enfuir. Était-ce Satan qui m'avait conduite là ? Aujourd'hui le doute demeure. Était-ce un songe ?

Dieu n'a pas fait la mort. Elle est venue un jour, il n'y a pas si longtemps, conduite par le diable, celui qui n'a ni chair, ni sang, pur esprit, maître de toute intelligence, de tout savoir.

L'orgueil qui nous étreint lui permet de nous promener sur le chemin des illusions. La pire est de croire aux rituels, aux cérémonies, aux sacrifices censés nous sauver mais qui nous font chuter une seconde fois, nous croyant capables de nous libérer de ce qui nous engloutit.

Aucune puissance n'est comparable à cette séduction qui nous tient par le refus et la terreur de la mort de notre corps. Là est son œuvre, son domaine, celui où il fallait le prendre au piège.

Vous avez su, Seigneur, accomplir cela, utilisant contre lui ses propres armes, celles de l'illusion, lui faisant croire que Vous n'étiez que chair et sang, inférieur aux anges célestes. Vous voyant sur la croix, il a cru à sa force, à sa supériorité. Convaincu de la lente corruption qui attendait ce corps, avec délices il s'y est investi tout entier.

Vous l'avez détruit, aboli, réduit au néant, Vous soustrayant à cette mort-là pour une autre que Vous seul pouvez donner ou reprendre. Cette mort unique lui fut fatale puisque Vous lui avez dérobé son œuvre. Faisant notre salut, Votre sacrifice, le seul authentique, offert pour nous, a laissé s'accomplir la disparition d'un corps conçu hors du péché et de sa condamnation.

Votre Père réglait ainsi une dette qu'Il n'avait pas contractée, permettant, peut-être, que la nôtre cessât de nous nuire. Par sa volonté, parce qu'il Vous avait envoyé, Votre mort devint l'unique Victime pour tous les péchés. Comment suivre ce chemin et devenir Victime avec Vous ?

Suis-je prédestinée à ce sacrifice ? M'avez-Vous

appelée ou n'est-ce qu'une illusion ? Suis-je, moi aussi, justifiée par cette dette acquittée ? Comment Vous suivre dans l'abandon de ce corps et trouver Sa gloire ?

Car je n'ai rien de ce qui est offert en Vous. Je porte en moi tous les péchés, ceux des origines et ceux de la vie. Humaine, je n'ai à immoler qu'une chair mortelle qui ne peut avoir la pureté de celle née d'un ventre virginal. Ne serait-ce pas un orgueil suprême que de penser pouvoir imiter votre sacrifice ?

Alors il apparut et me parla :

« Tu es prédestinée, appelée, justifiée, glorifiée car tu me vois. Par cette vision, je te fais entrer dans la vérité, car tu ne la crains plus. Détache-toi de la peur de mourir et je te ferai entrer dans l'éternité. »

Après ces mots, Il m'invita silencieusement à contempler, en Lui, un mystère que je ne parvenais pas à distinguer. Je compris dans mes entrailles que c'était ma mort qui m'apparaissait, même si mon esprit en refusait la vision. J'étais seule avec ma foi : comme Lui j'étais née et je disparaîtrais, mais la résurrection et l'ascension, je ne pouvais que les espérer.

Il restait visible et invisible, je ne pouvais L'apercevoir qu'à travers Sa parole. Il était la Chair dont le Verbe était fait, un pur éclat de la lumière qui refermait mes paupières. Il me fallait apprendre à garder les yeux ouverts.

Sa mère descendit du train. L'air était doux, elle marcha un long moment avant de faire sonner la cloche du couvent.

La portière du monastère la fit entrer. Elle attendait cette entrevue depuis plus de six mois. Sa fille lui avait manqué tout au long de ces jours. Elle se plia au rituel, traversa à nouveau le long couloir menant jusqu'au rideau fermé.

Au bout d'un moment il s'ouvrit, laissant entrevoir sa fille assise près de l'abbesse. Elle la trouva inchangée, peut-être plus lumineuse, rayonnante, mais la distance la séparant d'elle, mêlée à la lourdeur du voile, lui renvoyait une vision lointaine.

Sa mère parla la première :

« Ma douce, mon ange, comme tu m'as manqué.

— Je suis heureuse ici, maman.

— La vie sans toi est si triste. Je t'imagine ici. Tout cela me semble lointain, et pourtant, je te sens si proche. »

La Supérieure gardait la tête baissée, comme voulant se soustraire à leur dialogue. Après un long silence, la jeune fille reprit :

« Maman, je ne sais pas comment te demander... Une chose m'oppresse et me trouble, m'empêchant parfois de trouver le peu de sommeil que Dieu m'accorde... Que peux-tu me dire sur celui qui m'a conçue ? »

Sa mère respira d'un souffle court, sa voix se fit plus faible :

« Que veux-tu savoir ?

— Qui est-il ? Je n'ai de lui que cette photographie, au fond de ma mémoire. Était-il vraiment au petit séminaire, lors de votre rencontre ? Je peux te le dire maintenant que ma vie est ici : j'ai questionné mon oncle, le curé de notre paroisse, tes amis aux alentours, personne ne l'a connu, entr'aperçu. Combien de temps a duré votre amour ? Est-il possible que je sois née d'une et unique étreinte ? »

Sa mère avait fermé les yeux, elle sentit son visage perdre ses couleurs, sa nuque la serrait.

« Mon enfant, tout cela est devenu flou dans ma mémoire, j'ai enfoui ces images tout au fond de moi, je ne sais plus.

« Un temps court, mais un amour intense, absolu. Il me reste ses lettres, tu les liras à l'instant de ma mort, et tu les brûleras.

— Tu sais bien que jamais je ne lirai ces lettres car ma vie est ici pour toujours. Dis-moi son nom. Décris-le-moi. Parle, maman, je t'en prie. »

La jeune fille pleurait en silence. La Mère supérieure posa la main sur son épaule. La novice, dans une phrase à peine audible, murmura :

« Maman, je t'en prie, laisse-moi à présent. J'ai besoin d'être seule, de prier tout le reste du jour. Il me faut le silence face à tes paroles qui ne me disent rien. Va, maman, et reviens me voir le jour ou cette douleur aura été abandonnée dans mes *Notre Père*, dans mon amour pour Lui. »

Sa mère s'était relevée, tremblante, elle lui envoya un baiser, comme pour qu'il s'envole au travers des grilles, et dans un souffle lui dit à voix basse :

« Je t'aime. »

Elle marchait maintenant, ivre de ces questions auxquelles elle ne pouvait répondre. Savait-elle seulement ? C'était trop tôt ou peut-être trop tard. Elle était seule à présent, sur le quai de la gare, assise sur un banc, attendant son train.

Le lendemain, l'abbesse avait convoqué les sœurs. C'était un événement si rare que toutes s'inquiétèrent. Une angoisse sourde régnait, qui laissa place à la stupeur lorsqu'elles apprirent que la Supérieure les avait réunies pour leur proposer une modification de la règle du monastère.

Jamais, depuis la création de l'ordre, pareille initiative n'avait été prise. La règle était ce qui formait l'unité à l'intérieur de laquelle chacune avait sa place.

Les vingt sœurs se rassemblèrent dans la salle du conseil, un lourd silence s'installa. La Supérieure prit la parole, elles avaient toutes espéré que la réunion serait annulée, que le problème pourrait être réglé autrement. Elle leur dit :

« N'ayez pas d'inquiétude, il n'est pas question ici de bouleverser ce à quoi nous sommes toutes attachées. Un simple détail me préoccupe et je ne voudrais pas prendre seule une décision qui concerne toute notre communauté.

« Je vous ai réunies hors de la présence de la novice. Vous n'êtes pas sans avoir remarqué un trouble dans son comportement. Elle est face à un problème dans son rapport à la nourriture. Depuis son entrée dans notre communauté, elle s'alimente de moins en moins et semble avoir totalement perdu l'appétit.

« Pourtant nous la voyons s'épanouir dans

ce jeûne. Elle n'est pas amaigrie et se porte de mieux en mieux.

« Dieu seul sait ce que cela signifie. Je pense cependant qu'il est inutile qu'elle subisse pour cela les punitions prévues par la règle, car je crois qu'elle ne les mérite pas. Je souhaitais connaître vos pensées sur ce sujet avant de prendre une décision. »

L'amour qui unit les sœurs est aussi important que leur attachement à la règle. Il y eut entre elles comme un flottement. Était-ce un simple détail ? Comment allaient-elles vivre cette modification ? Ne l'appliquer qu'à l'une d'elles n'entraînerait-il pas un déséquilibre au sein de la congrégation ?

Cette réunion créait un émoi auquel elles n'étaient plus habituées et les réveillait brutalement d'un engourdissement intérieur où elles s'étaient retranchées, cultivant l'humilité.

La Supérieure leur demandait une opinion, posture dérisoire qu'elles pensaient réservée à l'autre monde. En même temps, ce concile était une récréation dans leur vie austère. Pendant quelques instants, chacune pouvait interpréter un rôle, sans que cela prêtât à conséquence.

La sœur portière se décida à prendre la parole. Elle se considérait comme la gardienne de la règle et avait atteint cet âge avancé où l'on ne sait plus rien des vanités d'ici-bas. Elle n'était portée que par son amour pour ses sœurs. Assurant les relations avec le monde extérieur, elle se sentait la première concernée. Elle questionna :

« S'agit-il d'une règle ? »

L'abbesse comprit la portée d'une telle question : ce qui était l'évidence pouvait-il devenir objet de discussion ? Son autorité dépendait de sa réponse. Elle avait été choisie par toutes. L'harmonie entre ses actes et ses paroles devait être maintenue. Son choix engageait sa doctrine spirituelle.

Un élément qui lui aurait échappé s'exprimait-il dans la question de la sœur portière ? Pouvait-elle être remise en cause ? Elle reprit calmement :

« Ce n'est pas de règle qu'il s'agit, mais de ce que je ressens au plus profond de moi : de ce qui nous est donné. »

La portière poursuivit :

« Puisqu'il s'agit de la novice, ne devrions-nous pas évoquer d'abord sa relation avec sa propre mère ?

« Si, dans le monastère, nous ne devons jamais défendre un proche en raison du lien familial qui nous lie, l'inverse se peut-il admettre ?

« Devons-nous favoriser un comportement qui probablement n'est lié qu'à une aversion ?

« En ne cherchant pas à guérir ce dégoût pour la nourriture, ne laissons-nous pas chez cette enfant se déployer les errements qui le produisent ? »

L'abbesse répondit :

« Je vous ai réunies pour en parler car à mes yeux il s'agit d'autre chose, de plus profond, de plus mystérieux, du moins je le vis ainsi, et pour partager avec vous la joie que je ressens, je vous invite à méditer. »

Le silence se fit. Toutes priaient.

Chaque premier dimanche de septembre, l'arrivée des forains était l'événement dans notre village. J'avais eu dix-sept ans et, pour la première fois, je pouvais m'y rendre seule.

Il avait traversé le parc du château, m'attendait dans la cour. L'été prenait fin, c'était une belle journée. J'étais heureuse de sa compagnie. Il prit ma main, je la lui laissai.

Cette fête me sembla encore plus belle que les précédentes. La douceur de ce jour donnait aux attractions un goût de bonheur et de vie.

Après un tour sur les chevaux de bois, il m'offrit

une pomme enrobée de caramel. Devant une baraque au nom étrange, une femme se tenait face à un grand rideau rouge, ne laissant passer que deux personnes à la fois. Nous attendîmes patiemment dans la file, et ce fut notre tour.

Un long couloir obscur était encadré par de nombreuses portes. Sur chacune un nom était inscrit. Nous avancions lentement dans le couloir sans oser les ouvrir, lisant, amusés, les inscriptions : Femme-à-Barbe, Homme-Tronc, Lilliputien, Le-Plus-Grand-des-Géants, L'homme-Chien, Les Siamoises, L'Unique-Sirène-Vivante...

Je ne lâchais pas sa main, de peur d'être happée derrière l'une de ces portes et qu'elle se referme sur moi. Il me regarda, comprit ma frayeur :

« Tu ne veux pas y aller, tu as peur ? »

J'étais gênée, me sentant comme une enfant incapable de contrôler son émotion. Il reprit :

« Si tu étais un de ces monstres, lequel serais-tu ? »

Il ne se doutait pas que je me sentais plus proche d'eux que de ceux qui venaient les observer, c'était le peu de différence entre eux et moi qui m'empêchait de les regarder. Devant mon silence, il insista :

« Tu ne réponds pas ? Alors laisse-moi te mettre sur la voie : tu n'es ni fille ni garçon, ni homme ni femme, tu n'as pas d'âge, tes traits sont purs, ton âme profonde, la finesse de ton corps, ton torse plat,

tes hanches étroites, tes jambes filiformes, tes longs cheveux blonds, la pâleur de ta peau, tes yeux transparents, la légèreté unique de ta démarche donnent l'impression que tu flottes. Alors, tu devines ? »

Le tour pris par ce jeu me troublait, me gênait. Mais au fond de moi je sentais que, dans sa description, certains aspects auxquels je n'avais pas prêté attention étaient vrais, d'une autre façon sans doute.

Il avait vu trop juste pour que je puisse lui répondre. Je ne m'étais jamais sentie appartenir à l'un des deux sexes, ce qui m'attirait, m'intéressait, était autre.

Au bout de ce couloir aux reflets rouges, il mit ses bras autour de moi et, plantant ses yeux au fond des miens, il murmura dans un léger sourire :

« Je vais te dire qui tu es : un ange aux ailes invisibles, mais moi, je peux les voir. »

Il fallait que je me libère de cette étreinte. Je sortis de la baraque en courant, fendant la foule. Tout le village était là ; me cognant aux gens, j'avais la sensation que cette masse cherchait à m'enfermer en elle.

Haletante, j'arrivai devant ma porte, entrai, m'enfermai à double tour, me précipitai dans ma chambre. J'éteignis la lumière, fermai les volets et, à genoux, priai pour retrouver mon calme. Je dus m'assoupir.

Le soir, ma mère vint frapper à ma porte :

« Ma douce, tu n'es pas bien ? Pourquoi es-tu rentrée si tôt de la fête ?

— J'étais fatiguée, maman, c'est tout. »

Elle m'embrassa et me donna une lettre qu'elle avait trouvée devant la porte. Sur l'enveloppe mon prénom seul figurait, d'une écriture que je reconnus.

« Mon ange, toi qui me protèges depuis l'enfance. Toi qui veilles sur moi, sur ma douleur de vivre. Toi seule sais que je n'ai pas choisi.

« J'erre aussi dans ce couloir, devant chaque porte : vie, mort, je ne puis me décider. Personne ne m'attend. J'avance, aveugle, entre ces deux états. Je t'entends me dire :

« "Arrête de te détruire, arrête d'absorber ce qui te fait tant de mal. La vie est si belle, pleine d'espoirs et de promesses."

« Mais moi, je ne suis pas céleste, je ne crois plus en rien, sauf en cet amour que j'éprouve pour toi. Je devine où ton chemin te mène et je sais où le mien me conduit. Je n'ai pas peur. Tout m'est égal, comme étranger. Je sais bien ce qui me fait du mal. J'y participe chaque jour de ma vie.

« Mais je ne suis pas comme toi, rien ne m'ap-

pelle. Je n'entends parfois que les cris venus des enfers.

« Alors, après avoir absorbé ces substances qui me soulagent, je colle mes mains sur mes oreilles et j'attends dans le vide.

« Ma tendre, pardon si je t'ai blessée, mais ni hommes ni femmes, nous sommes à égalité, tu vas vers la lumière et moi vers les ténèbres. Si nous avions été de cette terre, peut-être nous serions-nous aimés, il y aurait eu une grande fête dans le parc pour nos fiançailles, nous aurions été heureux...

« Mais prends garde à ce que la lumière ne brûle tes ailes, et laisse-moi suivre mon chemin. Il vaut mieux ne plus nous revoir. Sache simplement que je n'ai pas choisi d'être ce que je suis, c'est ainsi, et toutes tes prières n'y pourront rien. Je te serre dans mes bras. »

Il avait raison, mes prières restèrent sans réponse, et il y eut la chute, il y eut la mort. Je refermai l'enveloppe sur mes larmes, sachant que cette lettre ne me quitterait plus. Elle est encore aujourd'hui, chaque jour, contre mon cœur.

Une peur sourde montait en elle. Être Victime pour consoler le cœur de Jésus, c'était atteindre l'imitation de son sacrifice. Elle savait confusément depuis toujours que cela impliquait aussi le face à face avec Satan.

Ses longues méditations lui permettaient de mieux cerner cette rencontre. Elle était familière des œuvres du fils des ténèbres dans le monde d'avant, mais ici sa présence prenait un autre sens, lié au sacrifice lui-même.

Retrouver le Christ dans Sa souffrance et s'unir à Lui supposait de reproduire ce qui s'était accompli sur la Croix. Le Christ, en S'incarnant, en S'offrant à la mort, avait réussi à destituer le diable de sa puissance. Satan s'était laissé prendre, tout l'y avait conduit implacablement.

Cette phrase prononcée sur la Croix, « Mon Dieu, pourquoi m'as-Tu abandonné ? », avait été criée pour qu'il l'entende, elle n'était destinée qu'à lui.

Elle signifiait :

Le Fils de Dieu n'est plus qu'un être de chair et de sang

Le médiateur de la mort peut accomplir son œuvre, s'investir

Et lorsque le médiateur de la vie

Seul capable de la donner

Décida brusquement de la reprendre

Satan était déjà enfermé dans cette chair et ce sang
Dont le Christ s'était retiré.

Il lui fallait reproduire cela, imiter cette scène, mais pour elle, tout se présentait autrement. Si le Christ pouvait prendre le diable au piège de l'illusion d'un corps, quel simulacre pourrait lui offrir un simple mortel ? Sa chair, son sang ne sauraient être pures illusions.

Satan n'était plus le même. Il savait mieux que quiconque ce qui s'était passé sur le mont Golgotha, et n'était pas disposé à trébucher de la même façon.

Il avait compris qu'il fallait, pour accomplir son œuvre, se défier des pièges, s'incarner là où on ne l'attendait pas, et déjouer ce qui risquait de se passer si un mortel parvenait à imiter le Christ.

Elle pensait à cet affrontement depuis toujours, et savait qu'entrant au monastère il en deviendrait le théâtre. Elle devait comprendre où il s'était caché, de quelle façon il était là.

Elle avait scruté tous les lieux, ouvert toutes les portes, s'attendant constamment à le rencontrer. Parfois, il lui semblait qu'il était partout, qu'il était le monastère lui-même.

Progressivement, elle se rendit à une évidence qui la terrifia : ici, les seuls êtres de chair et de sang étaient les vingt sœurs qui l'avaient accueillie. C'était là, à l'intérieur d'un de ces vingt corps, qu'il devait se trouver.

Mais comment t'incarnerais-tu ? Toi qui, t'insinuant dans une enveloppe charnelle, ne peux qu'y accomplir ton œuvre de mort et la faire trépasser ? Pourtant je sais que tu es là, attendant le moment du sacrifice pour en réclamer ta part.

Au matin d'une nuit de prière et de réflexion, je m'adressai à lui comme s'il m'entendait :

« Aurais-tu choisi de te réfugier dans le Verbe ? »

J'inscrivis sur une page les vingt prénoms de mes sœurs et, les déchiffrant un à un pour tenter d'y retrouver leurs âmes, je me mis à la recherche de ton nom.

« Si tu te caches dans l'un de ces prénoms, je te trouverai, te regardant à travers moi dans le miroir. »

Cécile : venue par les airs de l'autre bout du monde, descendue des pyramides où les sacrifices nourrissent le soleil, ta rapidité donne le vertige, je n'aurai pas le temps de t'apercevoir. Toutes tes lettres sont dans les siennes : Lucifer.

Christine : toi la plus âgée, née bien avant les autres, maîtresse de la porte, tu portes Son nom, lui aurais-tu entrouvert la tienne? Serais-tu l'Ange déchu?

Dominique : s'il est caché en toi, il est tapi dans l'âtre, te dominant, te tenant en un jugement trop injuste, es-tu le Mauvais Ange?

Bénédicte : si obéissante, acceptant de le transcrire passivement et d'imprimer en toi ses mots : es-tu le Maudit?

Sylvie : curieuse, toi qui poses des questions, si la réponse est oui, c'est qu'il n'est pas en toi, si la réponse est non, c'est qu'il t'a possédée : serais-tu Satan?

Nathalie : toi rêveuse, est-il sous ton voile, caché dans tes songes, ou apparaissant dans le reflet du bénitier lorsque tu te signes : serais-tu le Malin?

Elizabeth : des métamorphoses de fragments de débuts et de morceaux de fins, s'il s'est mêlé à toi, tu seras princesse des ténèbres régnant : Belzébuth?

Nicole : trop bavarde, aurais-tu cédé à la tentation du dialogue et de la contradiction? Si tu lui as répondu, il se figera dans ton nom : Mauvais Génie ?

Anne : impatiente, vive, et pressée par le temps qui défile et revient, égrenant les saisons, s'il est caché en toi je le verrai vieillir, misérable : es-tu le Diable ?

Hélène : emportée par la passion qui en toi se tisse, à l'abri de tes ailes, devinant ton regard perçant sous le blanc : serais-tu le Dragon ?

Françoise : toi notre mère à toutes, droite et rigide, serait-il entré par le mouvement de ta ligne, prenant la forme de tes pleurs et de tes rires absents : Succube ?

Catherine : toi qui as tout abandonné, qui t'es élevée si haut, ton regard ne l'aurait-il pas deviné ? S'il était en toi, il n'y aurait plus de Dieu : serais-tu le Démon ?

Laure : la blondeur de tes cheveux sous ton voile cache un trésor aux couleurs rayonnantes, formant derrière ta tête un anneau, est-il dans ce cercle aux reflets aveuglants : Diantre ?

Claire : au sortir de la nuit, première lueur du jour, t'infiltres-tu dans cette trace, anéantissant les ombres : Démone ?

Isabelle : miroir de sa séduction, de ses mensonges, ses tromperies, ton cœur saigne : est-il dans ton regard de Diablesse ?

Juliette : passionnée, aimante jusqu'au sacrifice, aurais-tu accepté cette trahison, donné ta vie en vain ? Fuis-tu le Tentateur ?

Clémence : toi si juste et sage, aurait-il pris le masque de la justice divine, t'aurait-il retournée pour entrer dans ton nom : Incube ?

Marguerite : dévouée aux souffrances, pansant les plaies, les refermant, cachée au bout du nom des sentiments : Iblis ?

Jeanne : tournée vers toi-même, il serait à l'abri d'un sujet sans verbe : réponds-tu au nom d'Azazel ?

Colette : gardienne des livres et des écritures, se servirait-il de toi pour prononcer son nom : Méphistophélès ?

En ce temps-là, il n'y avait plus de saints. Certains s'étaient retirés, à la recherche d'icônes ou de nouveaux langages, poursuivant une issue improbable.

Au cours de ses activités occultes, le libraire rencontrait parfois l'un d'eux, homme à la longue barbe blanche évoquant un moine grec. Seul dans une vieille bâtisse, il écrivait des textes que peu lisaient et que personne n'osait commenter.

Elle se souvenait du jour où, après avoir exigé le secret, le libraire l'avait emmenée lui rendre visite.

Voyant arriver cette très jeune fille, le vieil homme fut d'abord surpris. Puis il l'accueillit, lui offrit son dernier ouvrage, illustré de représentations du corps du Christ, de son torse lacéré. La voyant s'y plonger, il lui demanda de lire à haute voix :

« Je sentis mon corps se retourner dans l'étau des appellations, jusqu'à montrer mon autre face intérieure, occulte et ultime, et clamer à sa façon, hors de mots, ce que personne ne pouvait entendre : que je n'étais pas, en vérité, Fils de l'Homme, mais aussi loin que je peux porter l'intuition d'un dieu, entièrement et uniquement : Fils de la Femme. »

Le sage la questionna longuement, leur échange porta sur le thème du péché originel. Elle eut du mal à en parler et découvrit à quel point la honte lui était étrangère. L'absence de ce sentiment pouvait être un obstacle à son devenir de Victime.

L'état sacrificiel imprégnait les témoignages des sœurs s'étant livrées au Christ comme esclaves, tendues vers les souffrances pour y trouver l'extase. Elles avaient en commun la recherche permanente et obsessionnelle des fautes qui justifiaient leurs châtiments constants.

En cela, elle était différente de ses sœurs, des présentes comme des illustres qui les avaient précédées. Parfois, tentant d'en trouver la raison, elle se disait :

« Il n'y a pas un être, mais deux : l'Homme et la Femme. Si la mort a pénétré ce monde par le truchement du diable, l'entremise de la Femme n'y fut pas étrangère.

« La condamnation divine ne s'adresse pas de la même façon aux deux :

« Dieu dit à l'Homme :

« "Maudit le sol à cause de toi, c'est dans la souffrance que tu te nourriras de lui tous les jours de ta vie."

« Dieu dit à la Femme :

« "Je vais multiplier tes souffrances et tes gros-

sesses. C'est dans cet état que tu enfanteras tes fils. Ton élan sera pour ton mari, et lui, il te dominera."

« Mais ces deux condamnations n'en sont qu'une puisqu'un seul, Toi, Seigneur, suffit à nous libérer des deux. Il faudrait pour devenir Victime reproduire avec Toi cette condamnation. Comment imaginer qu'une telle chose puisse consoler Ton cœur ? »

L'absence de honte et du sentiment de la faute me fait douter. Si elle devait m'empêcher d'être Victime, je préférerais me confronter à cette vérité. Je lui dis :

« Voilà, je suis prête. »

Et il m'apparut, différemment des autres fois. Nous étions maintenant face à face, je vacillai, ayant peur de perdre conscience, puis, me ressaisissant, je lui demandai :

« Comment suis-je encore en vie ? »

Il reprit :

« Tu es ma chair et mon sang, demeure dans mon image, dans ma parole et tu pourras comprendre qui tu es. Alors tu deviendras ce que j'attends de ma victime. »

Mon âme était troublée, je ne savais plus si je le voyais ou si je contemplais mon propre corps nu, je fermai les yeux.

Il reprit :

« Cesse de penser et tu me rejoindras. »

Je suis en Vous, Seigneur et j'entends Votre voix. Dialoguer avec Vous, que plus un son ne sorte de mes lèvres qui ne Vous soit destiné.

Garder la parole en moi pour qu'elle Vous appartienne. Quelle extase que le vide du silence, retenir en moi ces mots pour Vous les offrir.

Je Vous entends, Votre musique grave et profonde m'habite tout entière. Laissez-moi me fondre en elle. N'être plus qu'une ombre sans trait, une note sans écho.

Aucun être terrestre ne peut offrir pareille sensation. Gardez-moi près de Vous, pour n'être plus que Vôtre à jamais.

Deux ans s'étaient écoulés depuis le départ de sa fille. Sa voisine acariâtre avait quitté le village. Son frère était mort, ayant brûlé sa vie. Elle ne désirait plus voir personne. Tout la blessait.

Elle restait seule avec ses objets, ses souvenirs, enfermée, sortant parfois mais évitant de parler à quiconque.

Sa fille était devenue aussi irréelle dans son esprit que cet homme dont le portrait sur la cheminée semblait s'effacer. Elle avait enlevé les miroirs et gardait ses volets clos.

Elle se retrouvait plus seule que sa fille, ses

liens avec le monde s'étant progressivement tus sans qu'elle y prît garde. Par cette solitude, elle pensait partager encore quelque chose avec son enfant.

Ce jour-là, elle entendit un bruit singulier derrière sa porte. Elle vit qu'une enveloppe avait été déposée.

Elle la ramassa, puis s'assit un long moment sans pouvoir l'ouvrir. Lui avait-elle enfin écrit afin de lever leur séparation ?

L'enveloppe était ouverte, elle en sortit des feuillets où courait une écriture serrée, minutieuse. Ce n'était pas ce qu'elle espérait. La lettre était adressée à sa fille. S'étant approchée d'une lampe, elle lut pourtant :

« Ma petite, je ne sais comment vous faire parvenir cette lettre. Là où vous êtes, il ne doit pas y avoir de courrier. Je remets ce message à votre mère, qui trouvera peut-être le moyen de vous le transmettre.

« Je ne saurais exprimer précisément ce qui le justifie, peut-être ce sentiment, après tant d'années : vous me manquez. Je garde une réelle nostalgie de nos conversations.

« Je puis enfin vous l'avouer, j'aurais aimé parler moins et vous écouter plus. Votre décision de vous retirer du monde a laissé en moi une trace profonde. Vous étiez rétive aux idées que j'aurais voulu vous transmettre, à mon désir de changer les choses. J'ai compris, depuis, qu'il ne s'agissait pas d'un simple conformisme, d'une étroitesse d'esprit, mais d'un réel scepticisme sur ce sujet.

« Vous étiez déjà, par votre singularité et vos réflexions, plus avancée que moi, malgré votre jeune âge. Certaines de vos paroles m'apparaissent aujourd'hui comme limpides, d'une grande force. J'avais refusé de les percevoir, de peur de les avoir déjà comprises, m'accrochant à mes propres convictions.

« Je devine que vous aviez vos raisons pour dire que ce monde était livré au néant, que les temps n'étaient plus.

« Je soupçonne à présent qui vous êtes. Ayant toujours pensé que vous n'existiez que dans nos imaginaires, je souris de vous écrire. Je pense qu'il y a deux êtres en vous, et celui d'ici-bas m'impressionne autant que l'autre.

« Votre choix du retrait était bien plus qu'un désir de clôture, un refuge dans le passé. Je vois aujourd'hui qu'il s'agit de notre avenir à tous, face à notre effondrement.

« Moi non plus je ne suis pas celui que vous pensiez, même si je l'ai croisé plusieurs fois sur ma route et ne peux m'empêcher d'être flatté que vous m'ayez pris pour le diable. Confronté au mal dans les écritures, j'y devinais le sort de l'humanité.

« Voilà, ma petite, ce que je tenais à vous écrire. Je ne sais si vous lirez ces mots, si cette lettre vous parviendra. Pardonnez les pensées d'un vieux fou. Je sais que désormais vous êtes loin de tout cela.

« Sachez que ce n'est pas vous qui avez disparu, c'est le monde qui nous quitte. Cela m'apparaît plus évident chaque jour, et c'est à vous que je dois de l'avoir compris.

« Avec toute mon affection. »

La lettre n'était pas signée, mais elle était certaine qu'elle venait du libraire. Elle se dit à haute voix :

« De quoi se mêle-t-il ? Qu'est-ce que ça peut bien lui faire, à présent, de s'être trompé ou d'avoir eu raison ? S'il savait à quel point elle me manque, le reste n'est rien. Les hommes sont des crétins. »

Et elle confia la lettre aux flammes de la cheminée.

J'avance doucement vers ce voile noir qui me couvrira lorsque ma décision de rester ici à jamais sera définitive. Je serai dès lors Victime entièrement vouée au sacrifice pour Votre consolation.

Je songe à l'être que j'ai été, qui bientôt va disparaître, il m'apparaît, telle une autre, au creux de laquelle je me serais glissée. Je pensais ne l'avoir jamais véritablement aimée, et pourtant, mon cœur se serre à l'idée de la perdre, de me perdre.

Ce qui m'attriste le plus dans cette séparation, c'est sans doute la souffrance qui m'a poursuivie tout au long de mon bref séjour sur cette terre. J'ai toujours pensé que je n'existais qu'à travers elle, retournée à l'intérieur de moi-même, tendue vers le signe permanent de la chute où elle m'entraîne.

Je me souviens à présent des paroles du docteur venu d'Amérique pour sauver ce corps qui déjà n'en pouvait plus. Après l'opération, voyant que je me remettais doucement, il m'avait dit, telle une confidence, avec son étrange accent :

« Petite, évite de regarder ton image, car tu pourrais faire revenir le mal. Tu as bien compris ? »

Le voile noir qui va me recouvrir était déjà posé sur moi, voile par lequel je me soustrayais à tout regard, me destinant à offrir mon corps souffrant pour le soulagement de toutes les douleurs.

Mais le sentiment que l'être qui habitait ce corps était d'une autre substance s'est imposé à moi peu à peu, et aujourd'hui son existence me tourmente.

Le monastère bruissait encore des faveurs accordées à la novice. Sans aucune forme de jalousie ou de ressentiment, les sœurs s'inquiétaient de voir l'abbesse suivre son chemin.

Elle avait sans doute ses raisons, liées au bien et au salut de la communauté. Mais le sentiment de ne pas être dans la confidence les laissait tristes et pensives.

La novice avait demandé la permission de recevoir la visite de son ancien confesseur. Après de nombreuses suppliques, la Mère supérieure lui accorda cette autorisation.

Ce prêtre respecté était précédé par sa réputation d'homme juste, d'une extrême bonté, d'une grande humanité, et nombreux étaient ceux qui rêvaient de le rencontrer.

Qu'il vienne de si loin dans leur cloître rendait les sœurs impatientes et joyeuses. Elles se pressèrent pour l'apercevoir, pour être bénies par lui, mais il entra précipitamment dans la chapelle sans les regarder.

Lorsque la novice arriva, il se tenait debout auprès de la Supérieure. Elle s'agenouilla devant lui et de sa voix enfantine lui dit :

« Mon père, comment contenir le bonheur

qui monte en moi, mon cœur tressaille de vous revoir. »

Elle restait immobile, la tête baissée, mais tout en elle semblait vouloir s'élancer vers lui. Il eut un léger mouvement de recul, se tourna vers l'abbesse et, d'un regard désolé, tenta de dissimuler son trouble et l'empourprement de ses joues. Puis, retrouvant son calme, il répondit :

« Je suis bienheureux, ma fille, d'avoir reçu, grâce à l'indulgence de votre Supérieure, l'autorisation de vous retrouver pour ce bref instant. »

L'abbesse le regarda, sourit, puis se retira sans un mot.

« Comment est-il possible, ma fille, que l'on nous laisse ainsi tous les deux, pour votre confession ? »

Elle s'était relevée dans un mouvement irréel et lui dit, d'une voix devenue plus grave :

« Mon père, je n'ai rien à confesser que vous ne connaissiez déjà, et notre Mère supérieure a deviné, dans sa grande sagesse, que tel n'était pas l'objet de cette entrevue.

— Et de quoi pourrions-nous donc parler, ma fille, dans la situation insolite qui est la nôtre ?

— Vous êtes, mon père, de tous les êtres

que j'ai rencontrés sur cette terre, celui qui me connaît le mieux. Au long de ces années, je vous ai tout confié de moi : mes doutes, ce que mon âme cherchait dans les profondeurs et l'obscurité sans pouvoir l'expliquer ni le comprendre.

« Je suis, ici, face à un sentiment de peur. Mon père, je ne sais plus qui je suis. »

Après un long silence, le prêtre lui demanda de relever la tête et de le regarder en face :

« Voulez-vous dire que vous vous êtes perdue ?

— Non, mon père, je pense au contraire être sur le chemin de la connaissance, mais j'ai peur d'avancer. Vous qui savez tout de moi, aidez-moi, je vous en prie, venez me chercher dans cette nuit, guidez-moi vers la lumière, délivrez-moi de ce vertige.

« Bien avant d'être ici, je sentais confusément que j'étais différente des autres, mais j'attribuais ces pensées à un trop-plein d'orgueil, de vanité, à mon désir d'être Victime.

« Depuis mon arrivée il y a bientôt trois ans, je croyais poursuivre le même but que mes sœurs, mais je me suis aperçue que je ne pouvais emprunter le même chemin.

« Oui, je vous le confesse, je me sens autre,

je ne suis pas qui j'ai cru être toute ma vie. Qui suis-je, mon père ? »

Il avait baissé les yeux, égrenait en priant un long chapelet de buis. Puis il le passa à son cou et embrassa la croix. Ses pensées étaient en désordre, il était suspendu au désir de lui répondre sans commettre d'erreur.

« Tout au long du voyage me menant jusqu'à vous, je redoutais ce face à face et craignais d'avoir à répondre à la question que j'essaie à tout prix de chasser de mon esprit.

« Depuis votre adolescence je vous regarde, je vous écoute et tente de me dissimuler à moi-même ce qu'aujourd'hui vous me demandez.

« À présent, nos questions sont les mêmes, mais je crains de ne rien pouvoir vous dire de plus.

— Mon père, si vos pensées font corps avec les miennes, quelle force mystérieuse pourrait vous retenir ? Je vous en prie, dites ce que vous savez.

— Il ne s'agit pas de savoir, je n'ai que des doutes. Je ne suis qu'un simple prêtre, au fond d'un petit village. Sur quelle vanité me fonderais-je pour prendre le risque de me tromper ?

— Mais où est le risque ? Et si même vous

étiez dans l'erreur, pensez-vous mon esprit fragile au point d'en pâtir ? Pardon, je suis forte et décidée à savoir. Dès lors songez à l'importance de ce que vous pourriez me révéler. »

Le prêtre semblait vide, exsangue. Il prit sa tête dans ses mains, et dans un souffle prononça ces paroles :

« Je pense, depuis toujours, que vous n'êtes pas d'ici-bas. Je l'ai tout de suite pressenti. Mais aussi loin que mon amour pour Dieu puisse aller, mon savoir reste terrestre, et je ne peux parler que des êtres de ce monde. »

Elle restait debout, un sourire nouveau éclairait son visage, comme si ces paroles l'avaient libérée. Elle murmura :

« Je vous remercie d'avoir formulé votre sentiment. J'en mesure le courage. J'espérais tant de vos paroles. L'extrême solitude est une étrange chose. »

La jeune fille avait clos ses yeux pour ne pas voir qu'elle ne le reverrait plus.

Il quitta le chœur de l'église à reculons, comme pour demander pardon à Jésus de s'être laissé aller à cette confession.

Elle resta accrochée à son sourire, suspendue, visage levé vers le Christ et bras en croix, jusqu'au lendemain.

J'allais parfois dans le cimetière gitan, près du village, à la recherche de mes origines. Tant de questions restées sans réponse, j'avais la certitude que l'on m'avait menti, que tout avait été inventé, que jamais ma mère ne m'avait dit la vérité.

Ce supposé père qu'elle avait tant de mal à évoquer, les circonstances de leur rencontre, sa disparition incertaine, tout cela me plongeait dans un profond scepticisme. Mes tentatives d'éclaircir les choses auprès d'elle demeuraient vaines, j'avais l'impression de me heurter à un mur.

Mon attirance étrange pour ce cimetière touchait au secret que je tentais de lever. Je déambulais des heures, longeant les allées, scrutant chaque pierre tombale, déchiffrant chaque inscription, persuadée qu'un signe allait apparaître, que si la vérité était là, quelque chose me l'indiquerait, s'imposerait à moi.

Je n'étais pas comme les autres, je me sentais étrangère à ce village, venue d'une errance qui ne retrouverait ses racines qu'au terme du voyage, en ce lieu funéraire.

Je m'arrêtai un jour devant une tombe, attirée, fascinée, et restai là, devant la pierre qui semblait sortie de mes songes. C'était une petite stèle blanche où était gravée une seule date, celle de ma naissance.

L'être qui reposait là était né et mort ce même

jour. Combien d'heures avait-il vécu ? Peut-être une seule, peut-être moins. Obéissant à une coutume inconnue, ses parents ou ceux qui l'avaient porté en terre n'avaient pas voulu inscrire son nom. Sous la date, on pouvait lire cette épitaphe :

« En mémoire d'un ange apparu et disparu sur terre le même jour. »

Penser à cet être né au même instant que moi me glaçait. Il était comme une sœur ou un frère jumeau qui faisait irruption en moi, éclairant ce que j'avais toujours ressenti confusément. Cette absence de nom me renvoyait à ce que je devinais de mon secret.

Depuis je pense à toi chaque jour. Tu es gravé en moi comme un ange. Nous aurions pu grandir ensemble, tout partager. Tu es celle ou celui que je n'ai jamais trouvé : mon âme sœur. Je sais maintenant que nous cheminons ensemble et qu'un jour nous pourrons réunir nos deux âmes.

III

La disparition

Chaque matin je pense ne pas atteindre le soir. Chaque soir je n'ose imaginer revoir le matin. J'erre sur cette terre comme une étrangère, détachée de tout et le monde m'est un supplice.

Chaque jour, en une souffrance douce, je meurs à moi-même, et plus je sombre, plus je sens le désir de ne vivre que pour Vous.

Réduire mon corps asservi, m'enfuir loin de ceux qui voudraient m'aimer, anéantir en moi ce qu'ils pourraient attendre, Vous appartenir seulement, et, Vous rendant mon âme, n'être plus que poussière.

Lorsque Vous apparaissez, tout devient simple comme une évidence, avec Vous mon cœur est en exil. Je ne cherche plus rien.

Laissez Votre consolation couler sur les plaies de mon âme. Il n'existe pas d'autre amour que celui-là, les passions humaines ne sont que destruction.

La pureté, la simplicité sont les ailes que Vous

m'avez données pour être à Vos côtés : la première m'indiquant le chemin, la seconde afin de Vous rejoindre.

Je ne trouve enfin la paix qu'en étendant les bras pour être en Vous dans Votre souffrance, et par la force qui m'attire vers le sol, Vous retrouver dans les entrailles de la terre.

Je sais cet amour hors du monde : châtier le corps, souffrir les outrages, supporter les afflictions ne peut avoir le même sens car tout n'est que ruines.

Depuis toujours j'espère Votre venue, elle est l'unique reflet qui donne un sens à ma vie, je ne suis que cette vision pour Vous retrouver.

Je n'ai plus besoin, dès lors, de Vous imiter, j'attends passive la lumière céleste qui me pénètre dès que j'invoque Votre nom.

Alors je sais que mon amour s'accomplit et que Vous êtes là. Pourtant Vous restez insaisissable, chaque jour je redoute Votre disparition, j'ai peur de perdre Votre image, de rejoindre les ténèbres, m'abandonnant au néant.

Cette frayeur m'attache à Vous de façon plus forte encore. Si Vous n'étiez pas, rien n'aurait de sens.

Seigneur, écoutez ma prière, je suis à Vos genoux, gardez-moi, étendez Votre miséricorde, éclairez-moi de Votre halo, que ce voile soit ma chevelure, regardez mon anneau, symbole de notre lien éternel.

Cinq ans s'étaient écoulés, six mois de postulat, deux ans de noviciat l'avaient conduite à prononcer ses vœux temporaires dont les trois années s'achevaient.

Il ne lui restait plus que sept jours avant de renoncer définitivement à la terre, à ses sens, à elle-même et au monde.

Dans une semaine, ce serait enfin les vœux perpétuels, elle quitterait le voile blanc pour le voile noir. Réunissant en elle le sacrement et le sacrifice, elle deviendrait une hostie offerte à Dieu.

Elle relisait sans cesse, dans la préface des constitutions du monastère, le passage où cette cérémonie se présentait comme celle d'un mariage :

« Les Sœurs cherchent leur Époux bien aimé, non sur le Thabor, mais sur le Calvaire, elles veulent Lui tenir compagnie sur la Croix, dans Son abandon et dans Ses souffrances, Lui ouvrir leur cœur, écouter les secrets du Sien, entrer dans Ses pensées, coopérer à Ses desseins, s'unir à Son sacrifice, se donner à Lui, comme ces hosties qu'Il immole à Son

Père, en S'immolant Lui-même. C'est ce qu'elles marquent par le titre de Victimes du Saint Sacrifice, qui indique que leur vocation est toute fondée sur Son Amour. »

Pour le reste de ses jours, la vie serait là, avec Lui, dans le rituel du monastère. Elle aimait se le réciter, psalmodier les heures et les jours :

Cinq heures : donation en victime, angélus, prières.

Cinq heures quinze : oraison.

Six heures : laudes, prime, sainte messe en actions de grâces, prières neuvaines, intentions des amendes honorables.

Neuf heures : grand silence.

Dix heures : première réunion du noviciat.

Onze heures : tierce, sexte, examen particulier.

Onze heures trente : repas, récréation.

Treize heures : grand silence.

Quinze heures : none, vêpres.

Seize heures trente : chapitre, deuxième réunion du noviciat.

Dix-sept heures trente : chapelet, oraison.

Dix-huit heures trente : repas, récréation.

Vingt heures : mâtines, complies, prières du soir.

Vingt et une heures : adoration de la nuit.

Jour après jour, nuit après nuit, elles entretenaient chacune à leur tour, sans interruption, une lampe vivante devant le Très Saint Sacrement, fragments de la flamme qui se consume lentement pour devenir autant d'Amendes Honorables réparant chaque semaine, suivant le même cycle :

Dimanche : profanations et blasphèmes.

Lundi : violations de la Loi.

Mardi : péchés contre la Foi, le mépris et l'abus de la Parole.

Mercredi : fautes des personnes qui Lui sont consacrées.

Jeudi : irrévérences et sacrilèges des communions indignes.

Vendredi : infidélités aux promesses.

Samedi : abus des grâces et mauvaises confessions.

Le reste du temps, elle se consacrera au travail de la terre, comme Dieu le voulut, pour l'expiation du péché.

Elle aimait s'inscrire dans cet ordre immuable où son vertige pouvait disparaître parce que c'était l'Ordre lui-même.

Le monde lui avait toujours semblé flou, d'une dangereuse nonchalance. Elle avait souffert de tous ses flottements, ses incertitudes, ses approximations, faits de compromis, de dérobades, de petites lâchetés. Ce jour serait le plus important de sa vie, elle espérait que personne ne viendrait assister à cette cérémonie, et briser ce qui devait rester secret.

Au même moment, dans le village, sa mère finissait de s'enfermer au fond de sa solitude. Elle était résolue, sans nouvelle de sa fille, à ne pas se rendre à cette ultime possibilité de la revoir.

Tout avait disparu dans la maison, objets, images, souvenirs. Elle restait là, assise ou allongée, entre le lit et sa chaise, ne voulant plus rien voir, rien entendre.

À ceux qui essayaient encore de venir lui parler, elle disait, derrière sa porte :

« Laissez-moi, ne venez pas, je suis devenue méchante. »

L'aigreur l'avait envahie, chaque chose devenait insupportable. Tout la blessait, la heurtait, la rendait irascible.

Ses derniers échanges avaient été avec les sœurs de l'hospice du village, elle aurait voulu les remercier, mais seules des paroles blessantes lui étaient venues :

« Vous êtes trop vieilles. »

Le libraire s'était suicidé, laissant une lettre dans laquelle il annonçait à tous que la fin était proche et qu'il voulait garder cette ultime initiative face à Dieu. À ses yeux, c'était l'unique défi qui en valût la peine.

Le prêtre avait choisi l'érémitisme et s'était retiré dans une grotte au désert.

Tout le village bruissait de ces disparitions. D'autres décès mystérieux, des épidémies frappant le bétail, des intempéries détruisant les récoltes, finirent de convaincre les survivants qu'une malédiction était à l'œuvre. On se mit à chercher des responsables. Les lettres anonymes commencèrent à circuler. La châtelaine, qui fut soupçonnée de sorcellerie, dut s'enfuir.

Pour elle, ce monde n'était plus destiné à sombrer, il lui semblait n'avoir jamais existé. Elle restait là, en prière, comptant les heures et les jours de cette interminable semaine qui la séparait de son union avec Dieu. Alors tout serait dans l'Ordre.

Le voile noir allait enfin me recouvrir, me menant vers des vœux éternels, rompant avec les autres, pour m'ensevelir en Vous.

Lorsqu'un songe sur moi déferla comme un torrent :

Le ciel n'était plus qu'une constellation de corps enchevêtrés d'humains et d'animaux, formant par endroits des nuages menaçants qui tombaient dans l'océan.

Chacune de ces âmes semblait une goutte de pluie. L'onde venait remplir les corolles d'immenses fleurs de lys dégageant des parfums lourds et enivrants.

Des flocons de neige aux mille couleurs tourbillonnaient dans un vent circulaire. Suivant des yeux l'un d'entre eux, je le vis fondre en une goutte scintillante de rosée, tomber sur un des pétales, fendu d'une plaie saignante, et cicatriser la blessure.

C'était la fusion de deux âmes jumelles.

L'une était douce et tendre, elle recueillait, d'un geste délicat, les cœurs reposant au centre des fleurs, puis les transportait jusqu'à la torpeur de l'Éden pour les réchauffer.

L'autre entrouvrait, joyeuse, des pétales refermés

sur de petits corps, y déposant deux baisers : le premier recevait les larmes à l'entrée de la vie, le second fermait au coin des lèvres un sourire pour sortir d'une existence terrestre.

Je reconnus mon âme sœur. Je devais à présent m'en séparer, l'oublier.

Elle m'avait accompagnée jusqu'ici comme une autre moi-même, et je l'aimais d'un cœur humain. J'aurais tant voulu ne pas mourir avant elle.

Alors elle ouvrit les yeux, tendit vers moi ses bras, et toute ma vie défila dans ce mouvement. J'aperçus le visage de mon père qui me souriait, vieilli, me faisant un signe de la main comme un adieu.

Tous les êtres que j'avais aimés se succédaient sur des vagues ondoyantes. Je devais m'en arracher, quitter mon double.

Elle fut engloutie, une pierre de granit la recouvrit, laissant apparaître cette inscription en lettres d'or :

« L'ANGE DE LA PREMIÈRE HEURE. »

Je me réveillai, ruisselante, le cœur battant. Je compris que je n'avais jamais été seule, je portais en moi un amour différent, qu'il fallait maintenant abandonner.

Je refermai les yeux, ne retenant plus les larmes

de l'infinie tristesse où me plongeait cette perte à tout jamais.

Dès l'enfance, une voix intérieure lui avait interdit de se regarder dans les miroirs. Sa mère s'agaçait, pensant qu'il s'agissait de coquetterie, depuis toujours les gens la trouvaient belle.

Puis vint sa maladie et, avec les paroles du médecin, une autre peur de se contempler. Elle savait désormais qu'elle ne devait pas même tenter de s'apercevoir, ne serait-ce qu'un instant.

Elle sentait que le monde se reflétait en elle. Au fil du temps, la conviction qu'elle était semblable aux miroirs, lisse, faite de la même substance, s'imposa.

Elle avait le terrible pouvoir de les gouverner, de leur donner des ordres, les orienter, les plier à sa fantaisie. Dans ce jeu, d'autres pouvaient aussi se reconnaître et se perdre, déformés, transformés, semblables ou différents.

Elle se sentait maître des métamorphoses, tel un sorcier restant au centre, le point aveugle des anamorphoses.

Mais si le monde pouvait se voir à travers elle, rien ne la réfléchissait, rien de tangible n'accompagnait ce vague sentiment, elle était dépourvue d'une connaissance, d'un savoir qui l'aurait aidée à saisir son étrangeté.

Perdue, errante depuis toujours, sans autre conscience que celle de ses semblables, elle ne se connaissait que dans sa différence face à eux.

Elle comprit mieux le sens de cette voix lui ordonnant :

« Cesse de penser, accepte ton état, oublie que tu ne peux te réfléchir en rien. »

Consentant à l'admettre, comment se défaire de ce qui persistait dans son esprit ? Il ne suffisait pas de cesser de réfléchir pour arrêter de penser.

Elle ne pouvait désormais que se regarder en Lui, privée de miroir à jamais, acceptant qu'Il pensât pour elle.

Mais Satan pourrait alors prendre la place du Christ sans qu'elle le devine.

Debout dans l'oratoire aux murs blancs, au sol d'albâtre, une lueur s'infiltra à travers le vitrail, elle crut l'apercevoir.

C'est elle qu'elle voyait et, à travers sa propre bouche, elle entendit ses paroles :

« Écoute-moi, tu me vois, puisque pour la première fois, tu te vois. »

Reconnaissant le Malin, elle appela le Christ :

« Revenez, je vous en supplie, je ne puis soutenir cette vision qui m'effraie. »

Il apparut et lui dit :

« Je t'ai choisie parmi les autres, tu es l'ange venu ici pour accomplir le destin de Victime. »

Elle eut à cet instant l'impression de s'évanouir, de s'engloutir en elle-même.

Une nuit, ne trouvant le repos, j'avais demandé à l'abbesse la permission d'entrer dans la bibliothèque. Sur un pupitre, un livre était posé grand ouvert. Je le regardai, n'osant tourner les pages. Des prophéties en latin y étaient inscrites à la main, entourées d'enluminures aux couleurs restées vives.

Je lus la première, essayant de trouver les réponses à ce qui se présentait sous forme de questions :

« Rien ne sera épargné par lui et il mourra par son œuvre. »

Je reconnus l'homme.

« Sa crainte établira son triomphe. »

C'était le malheur, je tournai la page.

« Les os des morts changeront la fortune des vivants. »

Je compris qu'il s'agissait de dés, ceux lancés par Dieu.

Assise devant ce grimoire, j'arrêtai un instant ma lecture, regardai danser les deux flammes qui chacune éclairait ce texte de part et d'autre.

Je fis une prière pour ceux de mon village, pour ma mère que j'avais quittée, son visage se perdait dans ma mémoire. J'eus un curieux pressentiment, un frisson, puis une grande chaleur parcourut mon corps, ma tristesse était là.

J'aurais voulu la voir une fois encore, l'étreindre, lui dire : « Ne pleure pas, notre passage sur terre fut de courte durée, je te reverrai, tu le sais, et là où nous serons, je pourrai te dire enfin que, moi aussi, je t'aime. »

Je m'approchai à nouveau du manuscrit, regardant sa reliure de cuir noir. Une larme d'argent était profondément gravée en elle.

Je repris ma lecture :

« On vendra ce qui jamais n'appartint à personne. »

C'était le paradis, et pour le retrouver s'abolissait tout ce qui pouvait se vendre.

Je n'avais jamais attaché la moindre importance aux objets, à leur possession. J'avais toujours aimé les endroits dépouillés, vides. Je ne désirais jamais rien. Seul un Christ de buis restait près de moi, dans ma cellule. Je tournai à nouveau les pages :

« On ne pourra plus distinguer les couleurs. »
C'était la nuit, celle des ténèbres faisant tout disparaître, même les voyelles du Verbe.

« Les paroles seront pour ceux qui ne les entendent point et ceux qui ont les yeux ouverts ne verront rien. »
Je reconnus les images et leur culte et l'état auquel il nous réduisait.

Je refermai le livre et délicatement le retournai. Dix-huit personnages y étaient gravés sur trois lignes. Les ans en avaient effacé les contours.

On devinait de longues robes noires, les faces dissimulées sous des capuches. Je pensai à mes sœurs. Leurs visages défilaient devant moi. Je les rassemblai dans ma mémoire en trois groupes de six. Je reconnus enfin le monastère et les dix-huit sœurs qui devaient y survivre.

J'aurais désiré lire ainsi toute la nuit, mais je devais me rendre dans la chapelle afin d'entretenir la lampe du Très Saint Sacrement jusqu'au lever du jour.

Le village sombrait dans la malédiction, usant les ressorts les plus noirs de l'âme. Ayant épuisé les charmes des lettres anonymes, les corbeaux s'étaient tus, laissant place au silence de l'instinct grégaire. On avait pointé du doigt tous les boucs émissaires, le ressentiment armait ses virulences.

Un matin, ils se rassemblèrent dans la Grand-Rue et la rumeur se répandit. Il fallait empêcher la fête annuelle. Tandis que les forains arrivaient pour monter leurs manèges, la foule se regroupa sur la route, bloquant le cortège des caravanes.

Les fourches et les faux ressurgirent de leur Moyen Âge et l'envahisseur imaginaire, hébété, fut repoussé par une armée d'un autre temps.

Puis ils allèrent boire pour fêter cette victoire sur le destin funeste. Les esprits échauffés retrouvaient des pulsions qu'on croyait éteintes. Ils se laissèrent griser par un parfum de massacre. Mais l'angoisse demeurait comme un couperet au-dessus de leur tête.

Un symbole devenait nécessaire. Un acte devait avoir lieu pour intercepter la menace et les en libérer. Fallait-il pendre ou bien décapiter ? Rien ne semblait pouvoir retenir la fatalité.

Le silence se fit. Un groupe vint rejoindre les autres. Ils avaient répandu la terreur que tous attendaient. Fermant les issues du cimetière, ils avaient profané une tombe.

Le petit cercueil avait été exhumé, on l'avait jeté dans la rivière. Tous se précipitèrent sur les rives, suivirent des yeux, sidérés, le berceau funèbre s'éloignant sur les flots zébrés des lueurs d'une lune froide.

Ils rentrèrent chez eux la tête basse, épuisés par ce combat contre un ennemi qu'ils ne pouvaient saisir. Les lumières s'éteignirent une à une, et les ténèbres les ensevelirent sans un bruit.

« Je t'attends. »

Ces mots inscrits sur la petite croix qu'elle m'avait donnée évoquaient son renoncement à la vie, à celui qui la lui avait offerte. Ils me disaient aujourd'hui autre chose.

Aussi loin qu'ils remontent, mes souvenirs ne sont faits que de combats. La maladie, la souffrance, le désir absolu de Vous donner ma vie, pour notre alliance contre les forces de l'ombre.

Je n'aurai pas connu l'insouciance, la légèreté,

les sensations de plaisir me resteront étrangères. La vie sera un mot abstrait, uniquement voué à la pensée.

En fermant mon esprit à tout ce qu'il peut saisir, je cesse d'exister à cette vie que je n'aurai jamais, je renonce à cet ultime péché qu'est la connaissance, je laisse la pensée mourir en moi et renaître avec Vous.

Au lever du jour, ce matin-là, régnait un silence retenant le chant des oiseaux. Tout était figé. Les sœurs se rassemblèrent, devinant qu'un manque, un vide s'était formé. Elles se cherchaient du regard, se comptaient mentalement.

La Mère Supérieure quitta l'oratoire en leur demandant de chanter un *Te Deum.* Elle pénétra dans la cellule de la sœur portière. Elle était allongée, son visage immobile dans une expression de béatitude. Ses traits semblaient avoir remonté le fil du temps, un léger sourire s'était posé sur ses lèvres, ses yeux grands ouverts étaient émerveillés.

La mère lui prit les mains, les joignant en prière, et tendrement, lui ferma les yeux. Elle s'était éteinte pendant son sommeil. L'abbesse resta près d'elle un moment, priant doucement, puis alla rejoindre ses filles.

Quelques heures s'écoulèrent, elles mesuraient toutes le vide laissé par cette perte. Malgré son très grand âge, elles n'avaient jamais envisagé que cela pût arriver, tant la sœur portière représentait le cœur de cet ordre. Elle était la plus ancienne, et, pour chacune d'entre elles, son existence était indissociable de celle du monastère.

Le lendemain, ses obsèques furent célébrées dans la petite chapelle. Elles l'ensevelirent près des autres sœurs mortes au fil du temps. Lorsque le cercueil descendit sous la dalle, la sœur cellérière fut prise d'un malaise. On la porta dans sa cellule.

Deux religieuses l'entouraient, lui prodiguant les soins nécessaires, mais son état s'aggrava durant la journée. Elle sombra dans une sorte de coma.

Toutes priaient avec ferveur, comme sur le pont d'un navire au milieu d'une tempête. La sœur disparue et l'autre inconsciente représentaient leur dernier lien, ténu, avec un monde dont elles étaient désormais totalement isolées.

Elles ressentaient confusément que des événements obscurs s'accomplissaient, mais elles ne parvenaient pas à se les représenter.

La novice allait, dans quelques heures, prononcer ses vœux perpétuels. La cellérière avait rendu son dernier souffle. Elles n'étaient plus que dix-huit.

Elles se tournaient toutes avec ferveur vers cet événement, l'espoir qu'il incarnait devenait vital pour l'avenir de leur communauté.

Elles aperçurent une scène qui les troubla. L'abbesse était à genoux, priant devant la novice qui se tenait debout, sa main posée sur le voile de la Mère Supérieure.

Malgré leurs hésitations, leurs doutes sur les circonstances de la disparition de leurs deux sœurs aînées, elles comprirent que leur destin était entre les mains de la novice.

Elles acceptaient enfin l'attitude de leur mère à son égard, de respecter sa différence. Elle n'était pas comme les autres, sa présence en ce lieu avait une autre signification, incarnant le mystère de la foi.

Les corps recroquevillés, la main tendue, la misère étendait son ombre sur l'asphalte des villes orgueilleuses. Elle donnait à mon voile la couleur des peuples meurtris, devenant celle de ma chair, de mon sang, de ma miséricorde.

Je me fondais en Vous, apparaissant, moi, disparaissant, dans l'éternité de Votre épiphanie. Le noir qui allait recouvrir ma tête donnerait encore plus d'éclat à la pureté du blanc qui encadrait mon visage.

Ce voile, je l'avais choisi, attendu, désiré, plus que tout. Le long chemin qui m'avait conduit s'ouvrait aujourd'hui sur cette cérémonie emplie de fleurs et de chants.

J'avais prié toute la nuit sans trouver le sommeil. J'attendais Votre venue, Vos paroles, notre dialogue. Rien de ce qui avait été n'avait plus de sens, j'étais coupée de tout, des images d'avant, tout cela avait-il seulement existé ? Dominant mes peurs et mes doutes, j'avais tout dépassé.

Trouvant mon chemin, mon identité, j'allais enfin savoir qui j'étais, où se trouvait mon cœur. Je sentais l'extase proche. Pour témoins de cette union, j'aurais voulu tous les dieux disparus de l'Olympe et des monts tibétains, me prosterner vers tous les lieux sacrés de l'Islam et de Jérusalem.

Revêtant le voile noir, je recevais tous les voiles et tous se déchiraient, ne laissant apparaître que ma soumission à mon destin de Victime. Me donnant à Vous, je me livrais à tous, pour tenter de les sauver de l'irréparable.

La novice se tenait au centre de la chapelle. La cérémonie commença. Un premier groupe de six moniales s'approcha d'elle en récitant.

Lui ayant ôté son voile blanc, elles formèrent un premier cercle autour d'elle, et restèrent silencieuses.

Un second groupe s'avança dans la chapelle. Portant le voile, elles en recouvrirent la guimpe blanche aux chants d'un alléluia, puis se mêlèrent au premier cercle, formant un anneau de douze moniales.

Le dernier groupe de sœurs arriva, devancé par la Mère Supérieure qui vint déposer sur le voile une couronne de fleurs blanches.

Les trois cercles n'en faisaient plus qu'un et la nouvelle élue prononça ses vœux perpétuels :

« Seigneur, je reçois cet anneau comme gage de Ton amour, me donnant à Toi pour l'éternité. »

Puis, les bras en croix, elle s'allongea sur le sol, sa face contre la pierre, entourée par le cercle des dix-huit moniales qui s'agenouillèrent, priant en silence jusqu'à la fin du jour.

Durant cette célébration, je regardais notre mère, mes sœurs une à une, je connaissais chaque trait, chaque détail de leurs visages. Elles faisaient partie de moi. J'étais une part d'elles, et toutes dans cette fête nous nous appartenions. Consoler Votre cœur était notre seul but.

Que le monde renaisse après le chaos. Tous les bruits au-dehors, les massacres, les femmes enfermées contre leur volonté, les enfants torturés, voilà notre sacrifice, pour que tout cela cesse, que la terre s'arrête maintenant, et reparte un jour autrement.

Je ne ressens plus ni le froid ni le chaud, ni la peur ni la faim. Suis-je seulement là ? Sommes-nous vivantes ou mortes ? Comment le savoir, puisque rien du dehors ne nous parvient plus, pas une image, pas un son.

Et cette absence au cœur de l'absence, la sienne, celle qui n'est pas venue.

Il n'y a plus de temps, que l'espace de nos prières entièrement tournées vers vous. Je n'entends plus ma voix que dans les chants.

La lumière du jour éclairait la chapelle au parfum de fleurs blanches. Les sœurs fermaient les yeux. L'obscurité se fit et les ténèbres envahirent toute chose, comme si le voile étendait son ombre sur l'univers.

J'avais disparu, quitté le monde. Pourtant le visage du Christ me disait :

« N'est-ce pas le monde qui disparaît ? »

Une force en moi jusqu'alors inconnue s'affirmait grandissante.

Ma clôture était l'aboutissement d'un long che-

min fait pas à pas. Jamais mon cœur n'avait battu au même rythme que ceux qui m'entouraient.

J'avais toujours aperçu les événements derrière une vitre opaque, elle me coupait de ce qui me semblait vain, m'apparaissant comme une gigantesque machine.

Y avait-il pour la gouverner d'autres puissances que celles du mensonge, de l'escroquerie, des faux-semblants ? Les passions n'étaient-elles pas l'ambition, l'avarice, l'égoïsme, asservis au régime de ce qui, par nature, ne peut s'atteindre ?

L'amour n'obéissait plus qu'aux leurres de la séduction. Même, ce qu'il y avait de plus vil, la guerre, les tortures, la haine avaient perdu leur sens. Les rivalités symboliques s'étaient exténuées, ne laissant qu'un gigantesque mirage où tout ce qui était faux, rempli de duperie, triomphait.

Ce monde ne tenait plus debout et tout ce qui servait à sa puissance détruisait sa souveraineté. Ce monde s'enfonçait, s'engloutissait dans un tourbillon d'illusions absurdes.

Comme une ritournelle, un autre rythme se formait, s'alliant à mon souffle, aux battements de mon cœur, mon pas, en marchant, scandait cette mélodie, chanson enfantine pour cheminer dans les ténèbres.

« Malheur, malheur ! La grande ville forte ! En une heure est venu ton jugement. Les négociants de la terre pleurent et mènent deuil sur elle parce que personne n'achète plus leurs cargaisons.

« Les fruits de la convoitise de ton âme t'ont quitté. Toute douceur et toute splendeur sont perdues pour toi, on ne les trouvera plus jamais.

« Les négociants qu'elle enrichissait se tiennent à distance par crainte de son tourment.

« En une heure, tant de richesse a été dévastée.

« Ils criaient à voir la fumée de son incendie.

« Ils jetaient de la poussière sur leur tête. Ils criaient, pleuraient, menaient le deuil.

« La grande ville où s'enrichissaient de sa prospérité tous ceux qui possédaient des vaisseaux.

« En une heure, elle est dévastée.

« Exulte donc, ciel, et vous les saints, les apôtres, les prophètes, car Dieu l'a jugé selon votre jugement contre elle. »

Ce chant montait en moi, il venait de mon corps qui recevait l'écriture, je devenais l'écriture et en moi elle devenait une chanson. Et le monde disparaissait.

« On avait ouvert un autre livre, celui de la vie, et jugé les morts selon leurs œuvres d'après ce qui sur eux était écrit. Et si quelqu'un manquait

dans le livre, on le jetait à son tour dans l'étang de feu. »

Nous en étions arrivés là, à ce moment où la science des hommes leur permettait de lire dans le livre de la vie, de le décrypter, d'en décoder les mystères, d'opérer dans cette œuvre sacrée leur médiocre pouvoir, leurs misérables pensées. La vie devenait un objet et le monde rejoignait son absence.

Alors j'étais venue là m'offrir en sacrifice pour consoler Ton cœur, T'offrir un être terminal, sans lignée, aux ascendances incertaines. Mais plus j'avançais vers Toi pour Te faire cette offrande, plus s'imposait en moi cette évidence : c'était le monde qui venait se sacrifier pour Toi, pour rien, peut-être.

Mon destin était autre que ce qui, en moi, s'accomplissait, différent de ce que j'imaginais, car le monde n'était plus là, emporté par le reste, et je restais seule, sans adversité.

Il vint vers moi et, prenant doucement ma main, Il me dit :

« Tu n'es pas qui tu es. Tu n'es pas venue pour ce que tu crois. Laisse-moi te guider, cesse de t'interroger, contente-toi de m'aimer, de me suivre et tu te connaîtras. »

Je laissais ma main dans la sienne, prenant la mesure de ce qui se passait, ce n'était plus une vision, puisque nos chairs se touchaient. Elles étaient de la même substance.

Son destin s'accomplissait. Venue dans ce monastère pour consoler le cœur de Jésus, elle était, comme ses sœurs, vouée à être Victime.

Mais si elle était de la substance des miroirs et qu'en elle se reflétait le monde, cela pouvait revêtir une tout autre signification. Se trouvait-elle face à l'inconsolable ?

La Victime était le monde. Se pouvait-il qu'elle fût la médiatrice de sa fin ? Avait-il atteint un tel degré de désagrégation, qu'il rendait toute consolation impossible ?

Elle ressentait cette désolation, mais ne parvenait pas à en saisir le processus implacable.

Que resterait-il de l'ange, si elle était celui de l'Apocalypse ? Qui serait impliqué dans la dissolution de son être ?

Elle repensa à son village, à sa mère, au jeune homme, à tous ceux qu'elle avait connus, rencontrés, pour qui elle avait eu de l'affection, de l'amour. Tous ceux qu'elle avait laissés. Une immense mélancolie l'envahit. Elle ressentait une tendresse infinie pour ce monde qu'elle avait cru ne pas aimer.

À travers la profondeur de sa tristesse, elle

perçut la réalité imminente de ce qui devait advenir.

Le monde disparaissait, faisant monter Sa miséricorde. Elle ne pouvait se détacher de l'ensevelissement de son village, et s'inscrivit en elle une angoisse sourde.

Au moment de prononcer ses vœux perpétuels, elle avait vu Satan s'incarner dans les trois groupes de six moniales. Elles formaient son chiffre, celui de l'Antéchrist.

Il était là, désormais au cœur du monastère, dans cet unique refuge survivant au chaos.

Si l'Apocalypse pénétrait ce lieu, emportant les sœurs, Satan pourrait accomplir son œuvre de mort, il serait libre.

Si les sœurs devenaient immortelles, il resterait enfermé. Prisonnier à jamais.

Il me fallait Lui parler, Lui dire que cela ne se pouvait pas, Lui confier cette accablante peine, m'offrir seule à ce destin pour sauver ce qui devait l'être.

J'aurais tant voulu qu'Il me réponde, qu'Il me dise que je n'étais qu'une sœur parmi les autres, que tout cela n'était qu'une épreuve initiatique, née d'une illusion.

Alors Il m'apparut et Ses premières paroles m'apaisèrent :

« Tu n'es pas l'ange de l'Apocalypse. »

Écoutant la suite, ma détresse fut grande :

« Ce qui advient à travers lui n'est plus ce qui en toi se reflète. »

Et rien ne se refléta plus.

« Seigneur, pourrai-je alors sauver mes sœurs ?

— Cela ne dépend que de ta décision, de ta capacité à te connaître, à savoir ainsi ce que tu veux sauver, ce que tu peux sacrifier. »

Puis Il s'évapora.

Je restai seule, assise, désemparée, spectatrice impuissante de l'éclipse du monde qui en moi ne se reflétait plus.

Pourtant je demeurais, priant pour repousser l'inévitable, me disant :

« Il reste si peu de temps. »

Et soudain je compris que ce qui restait quand tout avait disparu, c'était le Temps. La poussière d'étoile qui résistait en moi était une part de cela, la dernière.

Je n'étais pas humaine, hélas, et je n'étais qu'un ange, pas celui de l'Apocalypse, mais de la dernière heure.

J'étais l'ange de cette heure dernière. Tout mon être se réduisait à un chiffre. Six : soixante minutes de soixante secondes, et alors que plus rien ne se réfléchissait nulle part, il restait cette ultime unité dont je n'étais que le miroir.

Satan était là, face à moi, dans cet ultime combat, il ne s'était pas incarné dans une des moniales, il n'était pas caché dans le Verbe, au cœur de leurs prénoms, il s'était, lui aussi, réfugié dans son chiffre : trois fois six. Il était prisonnier des trois cercles de sœurs.

Si l'une d'elles venait à disparaître, il pourrait se libérer et faire de l'Apocalypse son avènement. Il fallait le garder prisonnier de cette figure des trois cercles de Victimes. Qu'elles soient seules à survivre à cette fin du monde, et que, pour cela, cette fin n'ait pas lieu.

Cette dernière heure, en me sacrifiant, en la sacrifiant, l'empêchant d'advenir, je lui donnais tout son sens. J'en étais la victime. M'évanouissant, je vouais cet ultime moment à la sauvegarde des moniales, l'offrais à la résurrection des corps, au-delà de la fin des temps.

DU MÊME AUTEUR

Aux Éditions Galilée

L'UN POUR L'AUTRE, 1999 (Folio n° 3491)

Aux Éditions Flammarion

LETTRE D'UNE AMOUREUSE MORTE, 2000 (Folio n° 3744)

LES FLEURS DU SILENCE, 2001 (Folio n° 4116)

L'ANGE DE LA DERNIÈRE HEURE, 2002 (Folio n° 4228)

Aux Éditions Léo Scheer

LUMIÈRE INVISIBLE À MES YEUX, 2003

Aux Éditions Fayard-Léo Scheer

LE RÊVE DE BALTHUS, 2004

À paraître aux Éditions Léo Scheer :

LE CERCLE DE MEGIDDO, septembre 2005

COLLECTION FOLIO

Dernières parutions

3971.	Vassilis Alexakis	*Les mots étrangers.*
3972.	Antoine Audouard	*Une maison au bord du monde.*
3973.	Michel Braudeau	*L'interprétation des singes.*
3974.	Larry Brown	*Dur comme l'amour.*
3975.	Jonathan Coe	*Une touche d'amour.*
3976.	Philippe Delerm	*Les amoureux de l'Hôtel de Ville.*
3977.	Hans Fallada	*Seul dans Berlin.*
3978.	Franz-Olivier Giesbert	*Mort d'un berger.*
3979.	Jens Christian Grøndahl	*Bruits du cœur.*
3980.	Ludovic Roubaudi	*Les Baltringues.*
3981.	Anne Wiazemski	*Sept garçons.*
3982.	Michel Quint	*Effroyables jardins.*
3983.	Joseph Conrad	*Victoire.*
3984.	Émile Ajar	*Pseudo.*
3985.	Olivier Bleys	*Le fantôme de la Tour Eiffel.*
3986.	Alejo Carpentier	*La danse sacrale.*
3987.	Milan Dargent	*Soupe à la tête de bouc.*
3988.	André Dhôtel	*Le train du matin.*
3989.	André Dhôtel	*Des trottoirs et des fleurs.*
3990.	Philippe Labro/ Olivier Barrot	*Lettres d'Amérique. Un voyage en littérature.*
3991.	Pierre Péju	*La petite Chartreuse.*
3992.	Pascal Quignard	*Albucius.*
3993.	Dan Simmons	*Les larmes d'Icare.*
3994.	Michel Tournier	*Journal extime.*
3995.	Zoé Valdés	*Miracle à Miami.*
3996.	Bossuet	*Oraisons funèbres.*
3997.	Anonyme	*Jin Ping Mei I.*
3998.	Anonyme	*Jin Ping Mei II.*
3999.	Pierre Assouline	*Grâces lui soient rendues.*
4000.	Philippe Roth	*La tache.*
4001.	Frederick Busch	*L'inspecteur de nuit.*
4002.	Christophe Dufossé	*L'heure de la sortie.*

4003.	William Faulkner	*Le domaine.*
4004.	Sylvie Germain	*La Chanson des mal-aimants.*
4005.	Joanne Harris	*Les cinq quartiers de l'orange.*
4006.	Leslie kaplan	*Les Amants de Marie.*
4007.	Thierry Metz	*Le journal d'un manœuvre.*
4008.	Dominique Rolin	*Plaisirs.*
4009.	Jean-Marie Rouart	*Nous ne savons pas aimer.*
4010.	Samuel Butler	*Ainsi va toute chair.*
4011.	George Sand	*La petite Fadette.*
4012.	Jorge Amado	*Le Pays du Carnaval.*
4013.	Alessandro Baricco	*L'âme d'Hegel et les vaches du Wisconsin.*
4014.	La Bible	*Livre d'Isaïe.*
4015.	La Bible	*Paroles de Jérémie-Lamentations.*
4016.	La Bible	*Livre de Job.*
4017.	La Bible	*Livre d'Ezéchiel.*
4018.	Frank Conroy	*Corps et âme.*
4019.	Marc Dugain	*Heureux comme Dieu en France.*
4020.	Marie Ferranti	*La Princesse de Mantoue.*
4021.	Mario Vargas Llosa	*La fête au Bouc.*
4022.	Mario Vargas Llosa	*Histoire de Mayta.*
4023.	Daniel Evan Weiss	*Les cafards n'ont pas de roi.*
4024.	Elsa Morante	*La Storia.*
4025.	Emmanuèle Bernheim	*Stallone.*
4026.	Françoise Chandernagor	*La chambre.*
4027.	Philippe Djian	*Ça, c'est un baiser.*
4028.	Jérôme Garcin	*Théâtre intime.*
4029.	Valentine Goby	*La note sensible.*
4030.	Pierre Magnan	*L'enfant qui tuait le temps.*
4031.	Amos Oz	*Les deux morts de ma grand-mère.*
4032.	Amos Oz	*Une panthère dans la cave.*
4033.	Gisèle Pineau	*Chair Piment.*
4034.	Zeruya Shalev	*Mari et femme.*
4035.	Jules Verne	*La Chasse au météore.*
4036.	Jules Verne	*Le Phare du bout du Monde.*
4037.	Gérard de Cortanze	*Jorge Semprun.*
4038.	Léon Tolstoï	*Hadji Mourat.*
4039.	Isaac Asimov	*Mortelle est la nuit.*

4040. Collectif *Au bonheur de lire.*
4041. Roald Dahl *Gelée royale.*
4042. Denis Diderot *Lettre sur les Aveugles.*
4043. Yukio Mishima *Martyre.*
4044. Elsa Morante *Donna Amalia.*
4045. Ludmila Oulitskaïa *La maison de Lialia.*
4046. Rabindranath Tagore *La petite mariée.*
4047. Ivan Tourguéniev *Clara Militch.*
4048. H.G. Wells *Un rêve d'Armageddon.*
4049. Michka Assayas *Exhibition.*
4050. Richard Bausch *La saison des ténèbres.*
4051. Saul Bellow *Ravelstein.*
4052. Jerome Charyn *L'homme qui rajeunissait.*
4053. Catherine Cusset *Confession d'une radine.*
4055. Thierry Jonquet *La Vigie* (à paraître).
4056. Erika Krouse *Passe me voir un de ces jours.*
4057. Philippe Le Guillou *Les marées du Faou.*
4058. Frances Mayes *Swan.*
4059. Joyce Carol Oates *Nulle et Grande Gueule.*
4060. Edgar Allan Poe *Histoires extraordinaires.*
4061. George Sand *Lettres d'une vie.*
4062. Frédéric Beigbeder *99 francs.*
4063. Balzac *Les Chouans.*
4064. Bernardin de Saint Pierre *Paul et Virginie.*
4065. Raphaël Confiant *Nuée ardente.*
4066. Florence Delay *Dit Nerval.*
4067. Jean Rolin *La clôture.*
4068. Philippe Claudel *Les petites mécaniques.*
4069. Eduardo Barrios *L'enfant qui devint fou d'amour.*
4070. Neil Bissoondath *Un baume pour le cœur.*
4071. Jonahan Coe *Bienvenue au club.*
4072. Toni Davidson *Cicatrices.*
4073. Philippe Delerm *Le buveur de temps.*
4074. Masuji Ibuse *Pluie noire.*
4075. Camille Laurens *L'Amour, roman.*
4076. François Nourissier *Prince des berlingots.*
4077. Jean d'Ormesson *C'était bien.*
4078. Pascal Quignard *Les Ombres errantes.*
4079. Isaac B. Singer *De nouveau au tribunal de mon père.*

4080. Pierre Loti — *Matelot.*
4081. Edgar Allan Poe — *Histoires extraordinaires.*
4082. Lian Hearn — *Le clan des Otori, II : les Neiges de l'exil.*
4083. La Bible — *Psaumes.*
4084. La Bible — *Proverbes.*
4085. La Bible — *Évangiles.*
4086. La Bible — *Lettres de Paul.*
4087. Pierre Bergé — *Les jours s'en vont je demeure.*
4088. Benjamin Berton — *Sauvageons.*
4089. Clémence Boulouque — *Mort d'un silence.*
4090. Paule Constant — *Sucre et secret.*
4091. Nicolas Fargues — *One Man Show.*
4092. James Flint — *Habitus.*
4093. Gisèle Fournier — *Non-dits.*
4094. Iegor Gran — *O.N.G.!*
4095. J.M.G. Le Clézio — *Révolutions.*
4096. Andréï Makine — *La terre et le ciel de Jacques Dorme.*
4097. Collectif — *«Parce que c'était lui, parce-que c'était moi».*
4098. Anonyme — *Saga de Gísli Súrsson.*
4099. Truman Capote — *Monsieur Maléfique et autres nouvelles.*
4100. E.M. Cioran — *Ébauches de vertige.*
4101. Salvador Dali — *Les moustaches radar.*
4102. Chester Himes — *Le fantôme de Rufus Jones* et autres nouvelles.
4103. Pablo Neruda — *La solitude lumineuse.*
4104. Antoine de St-Exupéry — *Lettre à un otage.*
4105. Anton Tchekhov — *Une banale histoire.*
4106. Honoré de Balzac — *L'Auberge rouge.*
4107. George Sand — *Consuelo I.*
4108. George Sand — *Consuelo II.*
4109. André Malraux — *Lazare.*
4110 Cyrano de Bergerac — *L'autre monde.*
4111 Alessandro Baricco — *Sans sang.*
4112 Didier Daeninckx — *Raconteur d'histoires.*
4113 André Gide — *Le Ramier.*
4114. Richard Millet — *Le renard dans le nom.*
4115. Susan Minot — *Extase.*

4116. Nathalie Rheims — *Les fleurs du silence.*
4117. Manuel Rivas — *La langue des papillons.*
4118. Daniel Rondeau — *Istanbul.*
4119. Dominique Sigaud — *De chape et de plomb.*
4120. Philippe Sollers — *L'Étoile des amants.*
4121. Jacques Tournier — *À l'intérieur du chien.*
4122. Gabriel Sénac de Meilhan — *L'Émigré.*
4123. Honoré de Balzac — *Le Lys dans la vallée.*
4124. Lawrence Durrell — *Le Carnet noir.*
4125. Félicien Marceau — *La grande fille.*
4126. Chantal Pelletier — *La visite.*
4127. Boris Schreiber — *La douceur du sang.*
4128. Angelo Rinaldi — *Tout ce que je sais de Marie.*
4129. Pierre Assouline — *Etat limite.*
4130. Elisabeth Barillé — *Exaucez-nous.*
4131. Frédéric Beigbeder — *Windows on the World.*
4132. Philippe Delerm — *Un été pour mémoire.*
4133. Colette Fellous — *Avenue de France.*
4134. Christian Garcin — *Du bruit dans les arbres.*
4135. Fleur Jaeggy — *Les années bienheureuses du châtiment.*
4136. Chateaubriand — *Itinéraire de Paris à Jerusalem.*
4137. Pascal Quignard — *Sur le jadis. Dernier royaume, II.*
4138. Pascal Quignard — *Abîmes. Dernier Royaume, III.*
4139. Michel Schneider — *Morts imaginaires.*
4140. Zeruya Shalev — *Vie amoureuse.*
4141. Frederic Vitoux — *La vie de Céline.*
4142. Fédor Dostoievski — *Les Pauvres Gens.*
4143. Ray Bradbury — *Meurtres en douceur.*
4144. Carlos Castaneda — *Stopper-le-monde.*
4145. Confucius — *Entretiens.*
4146. Didier Daeninckx — *Ceinture rouge.*
4147. William Faulkner — *Le caïd.*
4148. Gandhi — *En guise d'autobiographie.*
4149. Guy de Maupassant — *Le verrou et autre contes grivois.*
4150. D.A.F. de Sade — *La philosophie dans le boudoir.*
4151. Italo Svevo — *L'assassinat de la via Belpoggio.*
4152. Laurence Cossé — *Le 31 du mois d'août.*
4153. Benoît Duteurtre — *Service clientèle.*
4154. Christine Jordis — *Bali, Java, en rêvant.*
4155. Milan Kundera — *L'ignorance.*

Composition CMB Graphic.
Impression Société Nouvelle Firmin-Didot
à Mesnil-sur-l'Estrée, le 24 mai 2005.
Dépôt légal : mai 2005.
Numéro d'imprimeur : 74098.
ISBN 2-07-030493-0/Imprimé en France.

126427